黒い玉

トーマス・オーウェン

JN150925

夕暮れどきの宿，彼がつけた明かりに驚いたかのように椅子の下へ跳び込んだそれは，かぼそい息づかいと黄楊《つげ》の匂いを感じさせる奇妙な〈黒い玉〉。その正体を探ろうと，そこを覗き込んだ彼を待ち受けるのは，底知れぬ恐怖とおぞましい運命であった——。ありふれた日常に生じた亀裂。そこから染み出す恐怖，不条理，愛憎に翻弄され，非日常の闇へと引きずり込まれる人々。ベルギーの幻想派作家，トーマス・オーウェンがただならぬ筆致で描き出す，十四の不気味な物語。

黒 い 玉

十四の不気味な物語

トーマス・オーウェン
加 藤 尚 宏 訳

創元推理文庫

目次

黒い玉

十四の不気味な物語

序

読者に自己紹介をしなければならないというのは妙なものである。序文の執筆者というのは、読者に向かって自分が紹介する著者を賛美するのが習わしであり、またこの機に、著者に関して、その作品中に発見したもろもろのことを書き連ねるものであるが、しかしこうして暴《あば》かれる内容は、しばしば、裸にされた当の著者をひどく当惑させるのである。

わたしもそんなわけで、今までサディストだとか、悪魔的だとか、女嫌いだとか、陰にエロチックだとか、読者の心に不安の種を蒔《ま》こうという欲望に絶えず駆り立てられている等々と言われてきた。

自分がどんな人間か正確に知る者がいるだろうか？　秘密のない心は味気ないものであるし、みんな、自己を分析しようと願望しながら、最後のところで、それが成就できなければいいと願っているものである。

約四十年前に推理小説でデビューしてからあと、わたしが幻想物語を書き始めたのは、自分の中に超自然的なものに対する好奇心の素地があったからで、その素地が、これも伝説や、謎めいた話や、魔術に夢中のゴーム（ベルギー最南部の地方）生まれの祖母によって、おそらく無意識のうちに（ないとは言えまい）呼び覚まされたらしい。

　たぶんわたしは妹や弟や、小さな友達にいちばん素晴らしい幻想物語を話して聞かせたのだ（だが、これらの話は本に著していない）。彼らは納屋の片隅で、肩をくっつけ合ってうずくまり、ぼそぼそした声でわたしが話す即興話に聞き入ったものだった。自分の分身を探し求める男の話とか、夜、家の入口に座って生まれたばかりの男の赤ちゃんを殺す化け猫の話とか、パリ・コミューンのときに片足を食べられた尼僧の話とか、虫下しの薬草を売るのに、薬効あらたかな証拠の品を入れた壺を小さな荷車に乗せて回っているうち、或る日、やっかみ屋たちに襲われて、むりやりそのアルコール漬けのさなだ虫をフォークに山盛り一杯食べさせられてしまう物売りの女の話とか、そういった話である。

　十二、三歳ですでにこんなものが頭に詰まり、十七歳でジャン・レイ（ベルギーの著名な幻想小説家）のような人物に出会って友人づき合いをするようになって（奇跡的なことだが）、ものを書けば、意識的にしろそうでないにしろ、多少なりとも異常な、或いは怪奇な描写が入り込まざるを得ないとなれば、それは、他の人たちが軍人や宗教人等々になるのと同じように、その人間は幻想的なものへ進むべく運命づけられているということである。

　それにまた、どうにも抑えられない心の高まりから、魂の重荷を下ろしてくれるようなことをいくらかなりと紙に書きつける気になれば、さまざまな悪行の責任を自分の描く人物たちに押しつけて、現実には自分でその罪を犯さないですむかもしれないということもある。

それはたぶんストレス解消の、或いは露出癖の一つの形である。中身をくるむ言葉はどうでもよい。ただその中身が、秘められた心の奥から、他人の頭や心に入っていくということである。これこそがわたしの味わう喜びなのである。読者をわたしの共犯者にし、意識の闇の十字路まで案内し、そこに読者を置き去りにすること、それである。

吸血鬼とぐるになった読者が、自分流に今度は、黒い闇の光の新たな伝達者となるかもしれない。

トーマス・オーウェン

雨の中の娘

まだ逃げられる……

ロジェ・マルジュリ

テーブルの上に、数本の鈴蘭の花がガラスのコップに活《い》けられ、すっかり黄ばんでいた。部屋の隅の、窓と漆《うるし》の簞笥の間に、グレーの布地のスーツケースが二つ重ねてあった。ベッドに腰掛け、両手を股にはさんだまま、彼は、まだ雨が降っているか見るために、顔を上げて外を眺めることすらしなかった。スリッパの爪先を見つめながら、屋上を打つ雨の音と、樋《とい》を流れる雨水の音に彼は耳を傾けていた。彼の倦怠は、ゆっくりと絶望に変わっていった。

ドッペルゲンガーは、またもや、滞在を延長したものかそれとも家に帰ったものかと考え、長い溜息をついた。五月の北国の海岸地帯は、天気が非常にいいか非常に悪いかのどちらかだ。彼は運の悪い年に当たったのだった。すでに、ホテル客の多くはうんざりして、荷物をまとめていた。しかし、彼は晩まで待って、決めることにした。

ひとつ悪天候をおして出掛けてみようと思いたった。彼は相応の身仕度を整えると、階下に降りていった。ロビーでは、メイドがいやいやそうに掃除機を動かしていた。ドアボーイが彼のメールボックスを見て、郵便物はきていないと声をかけた。そして、あいにくな天気でといったジェスチュアをしてみせ、どうぞごゆっくりと言った。ボーイはドアまで彼を送ってきて、彼が出ると大急ぎで閉め、それからメイドになにか言った。ドッペルゲンガーは、もう外からボーイの言っていることは聞こえなかったが、それでも自分のことを話しているのはわかった。それが、彼をちょっと不快な気持ちにさせた。

人気のない堤防の上に出ると、横なぐりの雨が顔を激しく打った。海は灰色を帯び、荒れ狂っていた。入り乱れて押し寄せる山なりの波が怪物のように身をよじり、重なり合っては、黒光りした防波堤にぶつかり、飛沫を上げて砕け散っていた。天気のいい日には海水浴客がにぎやかに行き交う青い石の階段を伝って、彼はがらんとした浜辺に降りていった。息を調節しながら、風に向かって彼は歩いた。雨に顔を打たれる感覚はまんざらでもなかった。雨のちくちくする感じが快かった。目は細目に閉じていたが、それでも生温かい涙が、ときどき冷えきった頰を伝って流れ落ちた。彼は急ぎもせず、かといってのんびりとでもなく、一定の歩調で歩いていった。潮が引いて固くなった砂の上を歩きながら、足に踏まれて貝殻が砕ける音を耳にした。

海岸沿いに並ぶいちばんはずれの別荘をすでに通り過ごして、国境の方へ果てしなく広がる、広大な無人の広がりの中を彼は進んでいた。依然として雨は降り止《や》まず、視界はいっそう狭《せば》まって、周囲を灰色の霧の壁がとり囲み、そのため、一瞬足を止めてぐるりと一回転した彼は、自分が世の中の人間たちから孤立して、水滴でできた動く牢獄の中に閉じ込められたかのように思ったほどだった。左側は海で、右手には、見分けはつかないが、砂丘があることはわかっており、道に迷うことはなかった。

時折、防波堤のあるところを通り過ぎたが、それが確かな道標になった。だが、彼はなにか落ち着かず、不安な気持ちになっているのを感じた。今は、歩きながら、このまま散歩を続けようかどうしようかためらっていた。おまけに、ズボンの裾はびしょびしょで、靴の中に水が少しずつ染《し》み込んできていた。

彼は道を引き返そうとした。と、そのとき、厚い雨の靄《もや》の中から目の前に、アルコル橋（一七九六年、ナポレオンがオーストリア軍と戦って勝利を収めたイタリアの地）のボナパルトを思わせるような顔の、髪をざんばらにした娘が忽然と姿を現わした。娘は若く、青ざめた顔をしていた。娘は彼ににっこり微笑んでみせた。彼女は黒のアノラックを着、ぴっちりしたグレーのズボンをはいていた。その両手は血に塗れていた。

ドッペルゲンガーは、怪我《けが》をしているのかと訊ねた。彼女は、淑《しと》やかな、可愛らしい仕草で首を横に振り、否定してみせた。彼女は真っ赤な両手を胸の前に上げて立っていたが、ちょうど、ジャム用にスグリの実をつぶした手で服が汚れるのが心配だといった格好だった。だが、五月にスグリの実はないし、それに娘もジャム作りの娘には見えなかった。

二人は向かい合ったまま、じっと動かなかった。最初は彼女にぎょっとさせられたドッペルゲンガーだったが、今は当惑を覚えていた。見知らぬ娘の方は、反対に、この場を面白がっていた。彼女は、彼にどうだとばかり挑んでいるように見えたが、しかし生意気そうな様子はなかった。

彼は思いきって話しかけてみることにした。

「手についているのは血だね……」

「ええ。皮膚にすごくいいの。血と雨って、皮膚をとても柔らかにするんだわ。世界中の美容クリームやマッサージを全部合わせたくらいの効き目があるわ」

彼は訳知り顔をして、からかってやろうと思った。

「人を殺してきたんだな！」と、彼は言った。

娘はちょっとうろたえ、躊躇し、口の上に流れ落ちる雨滴を舌の先で受け止めると、落ち着いて答えた。

「全部お見とおしね！」

彼女の顔にはもう微笑は浮かんでいなかった。彼女の態度はひどく真面目な、緊張したものに変わり、そのためドッペルゲンガーは、目下、なにかのっぴきならぬことが行なわれようとしており、自分は今晩発《た》つことができないだろうと感じた……

ラミー――この雨の中の娘は自分をこう呼ばせた――は、ドッペルゲンガーを伴っていくつもの砂丘を横切っていった。二人は生い繁ったハマムギがあれば摑まり、或いはゆっくり歩き、或いはもっと固い、歩きやすい地面を見つけたりしながら、短い草と茨の茂みがつぎつぎに果てしなく連なる平原に向かって、軟らかい砂の中を四苦八苦しながら登っていった。彼らはまた、戦時中に作られたかつてのコンクリート道路の損壊したでこぼこ道や、取り壊された要塞の残骸が一面に広がった歩きづらい場所を、いくつも通り抜けていった。

こんな悪天候のせいもあって、この淋しい、ほとんど人の来ないような場所を、こうしていくつも思いがけない回り道をしながら通ってくる間中、彼らは一人の人間にも出くわさなかった。

二人はやっと、柳の植わった土手沿いの、真ん中が盛り上がった狭い舗装道路に出、この道を伝って、長い道のりの終着点に辿《たど》り着いた。そこは野原の真ん中にぽつんと建つ赤煉瓦の大きな別荘で、建物を囲む庭には雑草が伸びほうだいに伸び、丈の高い野生の生け垣がその周囲を取り巻いていた。人が住んでいないのは一目瞭然だった。色褪《あ》せた立て札から、この屋敷が売りに出されていることがわかった。正面扉に貼ってあった、すでに有効期限を過ぎた公証人の貼り紙が、びりびりに破れて剝《は》がれ落ちていた。鎧戸《よろいど》は閉まっていた。

ドッペルゲンガーは、できたらもちろん一息入れたいところだった。急いで歩いてきたので、体が汗ばんでいるのがわかった。だが、ラミーは先を急ぎたがっていた。彼女は、彼の手を取ってぐいぐい引っ張っていった。建物の周りをぐるっと回ると、二人は、たまたま通行人が通りかかっても目の届かない場所に出た。そこは到るところ、ごみ屑や、水浸しになった古びた紙屑や、空瓶の入った腐った木箱などが散乱していた。もっと幸運な道を辿っていて然《しか》るべき屋敷の、なんともひどい寂寥と荒廃ぶりだった。

ラミーは、きしるドアを肩で力一杯押した。こうして、二人は台所だったと思われる部屋に入った。汚れた壁に、ガス焜炉や、冷蔵庫や、吊り戸棚があった跡が見られた。流し台だけが取りはずされずに残っていた。しかし、蛇口と大部分のパイプはなくなっていた。

ドアをきっちり閉めると、閉じた鎧戸から弱い光がほんの微《かす》かに入り込んでいるだけで、周囲は薄暗がりに包まれた。惨劇とか一家全滅の跡といった様子が漂い、すべてが陰気で、薄汚れていた。

ドッペルゲンガーは、連れの娘に好意を抱きながらも、どうにも振り払えない激しい不安に襲われてくるのだった。ラミーは、その彼を、妙にシニカルで勝ち誇った様子で眺めていた。だがそれでいて、彼女の中に、じきに隠しおおせなくなるほどの恐怖がこみあげてきているのがわかり、彼女の振舞いが妙に曖昧《あいまい》に見えるのだった。彼女は唾を呑み込み、そして訊いた。

「ブラック・ユーモアはお好き？」

「どんな話？」

「そう急がないで。じきに何もかも説明するわ……その前に、キスして」

彼女は唇を突き出しながら、かわいらしくその冷えきった顔を前に差し出した。ドッペルゲンガーは気がなさそうに、ほとんど儀礼的に彼女の頼みに応じた。彼女は、とてもみずみずしい小さな口をしていて、そのキスは、彼の思っていた以上に心地よかった。

「いらっしゃい」と、それから彼女は言った。

二人は階上に上がっていき、いくつもの汚れた部屋や、荒らされた浴室や、絵入りの古新聞とか、ビスケットの空箱とか、鏡の残骸とか、ぺちゃんこの練り歯磨きのチューブなどが散らかっている廊下を歩いて回った。ひび割れた植木鉢の中に、色褪せたリボンのかかった、干涸《ひから》びた植物が植わっていた。まるで戦争がここを通りすぎて、すべてのものの上に恥辱の跡を残していったと思えるほどだった。

こういう類《たぐい》の探検は、まるきりドッペルゲンガーの好みではなかった。彼はどうも落ち着かない気がし、それでちょっとなげやりな口調でこう言った。

「ねえきみ、きみはとても感じがいい娘さんだし、それにとても冒険好きなようだけど、ぼくには、ここになにをしにきたのかわからないね。この空き家は、きみがヴァカンスを過ごして、友達を招《よ》んだりするような場所じゃないように思うんだけど」

「残念でした！　わたしはここに、見たらびっくりすると思うけど、ちっちゃな住み処をこしらえたの。誰からも見られないし、知られないように。わたしは秘密の女御主人さまというわけ……」

彼女は笑い、もう一度彼からさっとキスを盗むと、階段を何段か昇った。階段は、前よりきれいな踊り場に通じていた。窓から、雨に浸った野原と、すぐそばに、波のように揺れ動いている大きなポプラの枝葉と、そして遙か遠くに、昔の土手の上の道を追い風を受けながらペダルを踏んでいる、フードを被《かぶ》った自転車の男の姿とが見えた。

ラミーは、やっと、一つの閉じたドアの前に立ち止まった。彼女の顔は一変していた。歩いていた間の顔の赤らみはすでに消え失せていた。その青白い、緊張した、仮面のような顔に、不吉な恍惚感が漲《みなぎ》っていた。そしてその表情と重なって、恐ろしげにじっと見据えた目の周りに、恐怖と高慢の表情が表われていた。

ドッペルゲンガーは、彼女が今にも大声を上げて叫びだすか、発狂したように笑いだすかするのではないかと思った。しかし、ラミーはただこう呟《つぶや》いただけだった。

「ここよ」

彼女はドアを押し開けた。ドッペルゲンガーは思いもかけない光景を目にした。そこはしゃれた部屋だった。ベッドの上に、体を覆う上掛けから上半身を出して、一人の若い女が横たわっていた。喉もとに、ぞっとするような切り傷が開いていた。そこから溢れ出た血が、不幸な女の肩と胸の上を流れ、寝具の中に吸い込まれていた。しかし、それだけですまず、床にまで血が滴《したた》っていることは察しがついた。

ドッペルゲンガーは、最初、吐きそうになった。そして、両手で頭をかかえた。それから、逃げだそうと考え、うしろを振り向いた。が、とうとう情けなさそうに訊いた。

「もう、手のほどこしようがないようだな?」

ラミーは、すっかり平静さを取り戻していた。

「死んでいるわ」と、彼女は言った。

彼は、さっき彼の手に触れたそのきゃしゃな手についたまま、まだすっかり雨で洗い落とされていない血の跡を見つめ、どうにも信じられないまま、ことの次第を理解した。

「なんてことだ!」と、彼は呟いた。

彼は、憤《いきどお》りは感じていなかった。それより、頭が空っぽな感じがしていた。もう、ものを考える力さえ働かなかった。夕暮れの残光のもとで、よく見えるように、首を横にしたり立てたりして眺めると、ベッドに横たわった見知らぬ若い女は眠っているようにも、今にも大声で叫びだしそうにも見えたが、このきちんと整頓された部屋の真ん中に突っ立ったまま、こうした光景を前にしているうちに、彼は徐々に病的な麻痺状態に陥り、それとともに判断力と理性を失っていった。

彼はふと我に返り、額と目をこすると、まだドアにもたれかかったままのラミーの方に向きなおった。

「いったい、きみは」と、彼は哀れで、同情にたえないといった様子で、やさしく言った。「なんてことをしたんだ？」

「あの人に頼まれたとおりにしただけよ」

「でも、なぜ？」

「わたしたち、いっしょに死のうって決めていたの」

「しかし、どうやって？」

「あれでよ……」

彼女は、ナイトテーブルの上にある、大きな刃の理容師の剃刀《かみそり》を指差した。最初はそれに気づかなかったが、今や、不吉な光を放っているのが目に入った。

彼は力を落として、がっくりし、すっかり参ったように首を振った。

「それで、今度はなにをしようというんだい？」

「同じことを……」

彼女は、ねめつけるように彼を見つめていた。ただならぬ興奮が次第に高まっていき、彼女の頰の上にうっすら赤みがさした。

ドッペルゲンガーは、彼女が剃刀に手を出す素振りをみせたら、叩き落としてやろうと決意し、若い女の前に立ちはだかった。こうして、二人はじっとおし黙ったままでいた。

「暑いわ」と、彼女はアノラックのファスナーを開きながら言った。

彼は、思わず本能的に防御の姿勢を取っていた。彼女は弱々しく微笑んだ。

「恐がらなくたっていいわ。あなたに危害を加えるつもりはないんだから。死ぬのはわたしの方なの。手を貸してくれるわね？……。あの人が死んだあとに生き残っているわけにはいかない。だって、このあとなにがわたしを待っているというの？　監獄か精神病院だわ。わたしは二十五……生きすぎだわ。ついさっきは、この悪夢から逃げだせるように思ったんだけど。でも、結局、自分の運命からは逃れられないものなのね。浜辺であなたに出会ったとき、約束どおり、あの人の傍に横になって、彼女と並んで死ぬつもりで、ここに戻ってくるところだったの」

彼女は、彼が口をはさもうとするのを手で押しとどめた。

「一時間前にお友達になったばかりだけど、わたしの打ち明け相手になってくれたよしみであなたにお願いするわ、どうかわたしに手を貸してほしいの。すごく簡単なことよ……。あなたがわたしのためにそれをやり終えてくれたら——だって、あなたはやってくれるでしょ——、そしたら、この剃刀を持っていってちょうだい。それを海の中に投げ捨ててほしいの……砂がすぐに覆い隠してくれるでしょうから……」

ラミーは、夢の中で話しているように、柔らかい、低い声で話していた。それといっしょに、彼女はベッドに横になるために服を脱ぎ始めていた。彼女は、感謝をこめた優しい目でドッペルゲンガーを見つめていた。彼女はほっとした様子だった。彼女は彼のそばに寄ってきて、任せきった様子でにっこり微笑んだ。彼女は言った。

「お望みなら……」


ドッペルゲンガーが我に返ったとき、彼の寝ているベッドの周りを人が取り囲んでいた。誰かが言った。

「まあ、どうぞご遠慮なく！　あんたは簡易宿泊所にでもいるおつもりなんでしょうな?」二人の男が、彼に向けたこの痛烈な言葉を聞いて、笑った。

「さあ、起きた、起きた！　わたしは不動産業者だがね、わたしの許可なしには誰もここには入れないんだ。そんな、ぐずぐずしていないで！　警察を呼ばないだけでもありがたいと思いたまえ！」

それから、彼についてきていた人たちに向かって言った。

「空き家ってやつは厄介でね……。こちら側の要求している価格は、せいぜい敷地分の値段でして。請け合いますが、持ち主はこのばかでかい持ち物が維持できないでいるんで、処分できるなら値引きも承知すると思いますよ……」

ドッペルゲンガーは、やっとの思いでベッドから出て、服を整え終えていた。頭がすっかり混乱していた。彼はぺこぺこしながら、弁解しようとした。

「もう、いいから、いいから！」と、彼なんか相手にしていられない不動産業者はぶつぶつ言った。

買い手たちは、このうろたえきった男がお辞儀をしながらあとずさりして出ていくのを、にやにやしながら見ていた。中の一人が親切めかして言った。

「安眠をさまたげてすいませんでしたなあ！」

ドッペルゲンガーは穴にも入りたい気持ちで、大笑いの中を逃げ出した。


ホテルに帰った彼は、自分が昨夜外泊したことがわかった。また、五年前、あの空き家の別荘で、身元のわからない二人の若い女が、一つのベッドの上で喉をかき切られて死んでいるのが発見されたことも知った。ついに迷宮入りになった謎の惨劇だった。殺害者も、凶器もとうとう見つからなかった。もちろん、このことが原因で、屋敷はなかなか売れなかったのだったた……

「五年前か」……一人になると、ドッペルゲンガーはこう心の中で思った。五年前？ いったい、その頃わたしはどこにいたんだろう？

公園

野性のままの本能を充たす喜びは、制御された
本能を充たす喜びとは比較にならないほど強烈である。
ジークムント・フロイト

サビーヌは日に、それも夕方に二度、公園を通り抜けなければならなかった。縦に突っ切るのでなく、マロニエの小道の方へ入っていって、ムラトリ伍長の記念碑の前に出る斜めの道を通っていくのである。月曜から金曜まで、彼女はこうしてきまってこの道を通り、英語を習いに行っていた。近道をして公園を抜け、帰りも同じ道を帰ってくるのだ。

もうちょっと違った、公園に沿った外側の道を通ることもできなくはなかったが、彼女は、この大木の茂った暗い谷間の中に入っていくのが好きなのだった。ここは分譲された私有地跡で、残った何ヘクタールかを市が緑地帯として買い取ったものだった。

公園の道はスラグが敷かれ、清潔で管理も行き届いていた。夕立で溝ができ、下の白い石がのぞいたりすることがあっても、すぐに庭師たちが手をかけて、まめに修復した。犬を遊ばせるのを禁止した芝生もあり、昼間は年金生活者が話に花を咲かせ、晩には恋人たちが愛撫を交わすベンチも置かれてあった。

この公園は、要するに、どこの町の公園とも同じ、いたってありふれた公園だった。様々な樹が植わり、黄色い立て札に名前が記されている。トネリコ、カエデ、シラカバ……。紙屑籠、

用務員の道具をしまう小屋、それに、女の子が隠れておしっこをしにいく、陰気な茂みのうしろの暗い場所もある。

或る日、夕暮どきにここを通りかかった女性が襲われたことがわかり、サビーヌは、公園の中を避けて、外側の道を行くよう親に言いきかされた。「護身用に、大きなナイフでも持っていかないかぎりはな」父親が、笑いながら言い添えた。

これはいかにも軽率な言葉だった。この言葉は、何日もの間サビーヌの頭にこびりついて離れなかった。彼女は仕方なく公園の中を通るのをやめていたが、彼女の通い慣れた散歩道のことがずっと忘れられないでいた。実を言うと、女性が襲われた事件で、彼女は怯《おび》えるどころか、むしろ怪しく心を動かされ、好奇心を激しく掻きたてられているのだった。この女の人は結局、不幸というより愚かとしか思えないけれど、正確なところ、なにをされたんだろう？　ハンドバッグを奪われたのかしら？　殴られたのかしら？　でも、なぜ？　服を引き剝《は》がされ、顔を切られたのかしら？　それとも、なにかもっとひどいことをされたのかしら？　サビーヌは、この点を母親と家政婦に訊いてみたが、答えてもらえなかった。

「公園を通らなければいいのよ」と、彼女は言われた。「そんなこと心配しないで。遠回りして行きなさい。そうすれば、なにも起きないんだから！」

それこそ、サビーヌの危惧していることだった。彼女は、できることなら、自分の身にいろんなことが起こってほしくてたまらないのだった……。頭がよくて、知恵がまわる女の子なら、それに劣らぬくらい想像力豊かで、好奇心も強く、無謀なところさえあるのは当然なことだ。

彼女の中では、未知のものに対する恐怖より、退屈を恐れる気持ちの方が強かった。

サビーヌは、公園の中を通って通うことを、どうしても諦めきれないでいた。彼女は、つべこべ文句を言わずに——言ったところで、なんになるだろう？——予防策を講じた。とにかく、危険に対する意識はいつももっていなくてはならない。軽率な自信ほど危険なものはないことを彼女は承知していた。万一の事態に対処できるように備え、はっきりそれをわかった上で危険を冒すのでなくてはならない。そこで彼女は、戸棚に行って抽出しを開け、森番の曾祖父の持ち物だった、柄《つか》が象牙の、ストッパーつきの飛び出しナイフを探し出した。そこに長いことしまい忘れたままになっているのを彼女は知っていたのだ。それは、長く先の尖った刃を持つハンティングナイフで、環を引っ張って刃を閉じる仕組みになっていた。刃を開くと、短刀より恐ろしい武器になった。柄は滑《なめ》らかで、サビーヌの小さな手にも太すぎなかった。彼女は、このわずかにカーブを描く、長く丸みのある物体が柔らかい掌《てのひら》に与える抵抗感に奇妙な快感を覚え、肉感的な愛情をこめて強く握りしめた。

彼女はナイフの刃を入念に拭《ぬぐ》い、象牙の柄を磨き、ストッパーに油を塗り、そしてなんども使い方を試しては、隠れた隙間から刃が不意に飛び出すときの、パチンというばねの音を聞いては楽しんだ……

こうして、サビーヌはまた公園の中の道に入っていった。しかも、しだいに大胆になって、公園の奥深くまで危険を冒して進んでいった。奥までくると、道も泥道になり、芝草もまばらになった。斑岩《はんがん》の噴水盤の底から地下の清水が涌《わ》き出ていた。そして、そこから一筋の細い流れができて、小さな谷のくぼみを曲がりくねってちょろちょろと流れていたが、彼女は小さい頃、この小川づたいによく遊んだものだった。彼女はふと思い出したが、昔、小さな浅瀬のとびとびに並んだ石の間の砂利底に澄んだ水を透かして、ちっちゃな夕日みたいな、きれいな真紅の円いものがあるのを見つけたことがあった。それは、白い磁器の円い絵の具皿に入っていた水彩絵の具だとわかった。ワンピースの袖を濡らしながら、わくわくするような気持ちでそれをつまみ上げると、あんなにきれいに見えたものが水に溶け、鮮血のように筋を引いて彼女の手の上を流れ落ちた。彼女は切り傷を連想しながら、指先からそれをゆっくり滴《したた》らせ、それから手を洗い、そしてそれきり、そのことを忘れてしまった。それが今日、そのときの発見と、感動と、さらに、あの素晴らしくきれいなものが血のように流れ始め、やがて色褪《あ》せ、ついで跡形もなく消えてしまったときのあの幻滅とが、サビーヌの記憶に甦《よみがえ》ってきたのだった。

公園の奥では、辺《あた》り一帯が、ちょっと不吉な色合いを漂わせていた。薄暗さもいつもと違う暗さだった。町の騒音もひどく遠のいて聞こえた。毛並みの艶やかな黒犬が一匹、尻をふりながら通り過ぎたが、その逞《たくま》しい尻の動きが、なんとなく危険そうな、不気味な感じを与えた。胸のゆさゆさした年齢不詳の女が、食べ残りの肉を持ってきて野良猫たちにやっていた。その女はサビーヌの顔見知りの女だったが、実を言って、彼女には、それがいつもの女だとわからなかった。もうそれは、心優しい変わりもののお婆さんなんかでなく、魔女のように見えた。垢《あか》じみた制帽を被《かぶ》った監視人が息を切らしながら、せかせかと最後の見回りをしていたが、彼女には、その彼がどうも胡散臭《うさんくさ》く、隠れて悪いことをしている連中をわざと見逃しているように思えた。中年の不倫のカップルが、いつもは呆れるほど破廉恥に、世界は我がものとばかり恋にひたりきっているのが、彼女とすれちがいざま、変な目つきでじろじろ見て、妙な薄笑いを浮かべた。黒い肌の脂ぎった美貌で何人もの男を夢中にさせてきた、歯医者のスペイン人の家政婦が、髪をうしろに結いなおし、一人でこっちに登ってきた。彼女は、通り過ぎるときにサビーヌにいやらしくウインクしてみせ、それがサビーヌの気にさわった。最後に、彼女は例の小柄な老人の姿を目にした……。ここの常連だった。彼は地味で、人目につかず、現われたかと思うとすぐに姿を隠してしまうのだった。彼女は、お互い一度も言葉を掛け合ったこともなく目を交わしたこともないのに、しばらく前から二人の間に或る絆が結ばれていることを、ぼんやり感じとっていた。

彼女は彼に、〝みみずく〟、それから〝苦虫〟、〝アオゲラ《ビック・ヴェール》〟、〝ヴィック爺《ペール・ヴィック》さん〟と、つぎつぎにあだ名をつけた。また、少し前から彼女は、彼がこちらの様子をしきりと窺《うかが》っているのを感じとっていた。彼は注意して、彼女の前に姿を現わさないようにしていた。ちょこちょこ小股で歩いては、公園のいちばん傾斜の深いところのはずれに腰を落ち着けるのだが、その辺りは、午後になるとすぐに一帯が暗くなり、また、散歩をする人もあまり通らない場所だった。彼はサビーヌを待ち、いつか自分のところへ彼女がやってくるのをおそらく期待しながら、敬意をはらい、控えめな態度で黙って彼女を見守るのだった。

それが今回は、彼女の姿を見るや、まるでひどく急いでいるみたいに、勢いよく彼女の方に向かって歩いてきた。

いかにも急いでいるふうを装いながら、一瞬彼は、彼女の行く手をさえぎるような格好になった。彼女の方から道をゆずろうとしたとき、彼が同じ側に道をよけたのは、おそらくただの偶然にすぎなかったろう。左へよければ左、右へよければ右へと。

サビーヌはそれを挑発のように感じたが、しかし実際に自分が脅かされているとは思わなかった。痩せて筋ばった老人だし、危害を加えるような人間でないことは確かだった。それでも、彼は通り過ぎるときに、変な薄笑いを彼女に浮かべてみせたのだった。彼はひどく青白い、象牙色の、痩せこけた顔をし、耳は異様に長く、先がとがっていた。嘘の殻に好んで閉じこもろうとする老人によくあるように、彼の顔にはなにか嘘つきらしい表情があるような気がした。

すれちがうとすぐ、サビーヌは、彼をもっとじっくり見てやろうと振り返った。老人は、足早にしっかりした足取りで歩いていた。ちょっと大きめの長いレインコートを着ていて、ポケットに突っ込んだ両手を腹のところで合わせ、両前を閉じていた……

翌日の夕方、この風変わりな小男にまた出会ったが、少女は肩すかしをくわされた気がした。名前も知らない男は考えごとに没頭して、彼女には目もくれず、まったく無関心に傍を通りすぎたのだ。彼女は、彼が遠ざかるのを見ようと振り向いたが、彼の手に引っかかったのがわかって、ちょっと苛立った。彼の方でも、待っていたように立ち止まって、彼女のことをじっと見ていたのだった。彼女が好奇心とかお愛想の素振りを見せるのを、おそらく待っていたのではなかろうか？　彼は、彼女にちょっと会釈《えしやく》したようだった。そして、彼女の方もたぶん、自分でもよくわからなかったが、思わず軽くお辞儀をしてしまったらしかった。

その日のあと、彼女はもう彼に出会わなかった。そして、今ぼんやり遠のいた彼の存在がひどく懐かしい気がした。

サビーヌは少しずつ恐ろしさに慣れていった。そればかりか、彼女は恐ろしさを楽しんでいた。だから、公園の中へ入っていって、進んでその秘密と危険を受け入れた途端、彼女はもう別世界にいるのだった。そして、その闇の部分に魅了され、びくびくわくわくしながら、少しばかりうしろ暗い、もの珍しげなことのいちいちに興味を抱き、数週間前にはそんな楽しみがあるなんて思ってもみなかった、そんな秘密の楽しみを味わうのだった。

その夕方、彼女は苛立っていた。なんとなく、辺りに不吉な雰囲気が漂っていた。固い土の道を歩きながら、彼女の足音はいつもと違う響きをたてた。彼女の息づかいも普段と違って、身を潜めた小さな動物の息づかいのように短かった。木の枝をわたる風は、時折、口笛や小さなサイレンのような音をたて、ときにはまた革の鞭《むち》さながらに、荒々しく空気を切り裂く警笛のような音をたてた。月は雲に見え隠れしながら、どんよりと陰気に、醜悪な獣脂色の光を放っていた。

サビーヌは、自分が妙に一人ぼっちな感じがしていた。もっとも彼女は、家族の皆からいささか冷淡な扱いを受けていて、いつも一人ぼっちだった。皆は彼女のことを理解してくれなかった。しかし、彼女の方も理解されようという努力をちっともしなかった。実のところ、束縛がいやで、か弱いとはいえ自分のことは自分一人でやっていける——証明してみろと言われたらしただろう——のだから、放っておかれることは嫌いではなかった。

（どっちみち）と、彼女は考えた。（わたしは誰も必要としてなんかいないわ。みんなわたしのことを愛してくれないけど、他の人なんかいなくたってちっともかまわない。わたしの心を奥の奥までほじっていけば、傲慢と孤独を育てている意地悪な本性が見つかるんだわ）

彼女はここ何日間か、夜、床につく前に自分の姿をとっくり眺めていたが、自分ながら、自分のことをまんざらでなく思った。人形のような丸いおでこも、細長くよく動く滑らかな舌をのぞかせた、小さな湿った唇も嫌いじゃなかった。えらがちょっと張っているし、乳房もまだ子供っぽいとは思った。掌で乳房の重みを量《はか》ろうとしても、ちっとも重くないのがわかった。可愛らしく然《しか》るべき場所におさまって、ほんのりかすかな恥じらいをみせているだけだった。お腹は平らで、愛くるしいちっちゃなおへそと、その下に慎ましげな陰をそなえていた。これに反して、太腿はすでに十分逞しく育ち、脚はすらりと格好よく、足は大きめだった。ただ、真っすぐな足指に不格好な爪がついているのが、泳ぎに行くときの悩みの種だった。でも結局のところ、顎と足を別にすれば、サビーヌは自分の体がかなり気に入っていた。

茂みの中でなにか動いたものがあった。彼女は身震いし、いっぺんに以前の不安と決意が甦った。彼女は落ち着いて飛び出しナイフを開き、ポケットの中に入れると、刃を上に向け、柄を掌と手首にぴったりくっつけて、真っすぐに持った。尖った刃先が腕に当たるのを感じて、怪我《けが》をしないように気をつけた。じっと動かず、気を張りつめ、かすかなもの音に注意を払いながらも、彼女は自分が奇妙に冷静で、落ち着いているのを感じていた。

運命が待ち受けていた。どこからか、例の人を馬鹿にしたような小柄の老人がぬっと現われ、両手をポケットに突っ込んだまま、二、三歩離れた彼女の目の前に突然立った。彼は長いコートを、ボタンをかけずに前でかき合わせていた。

「こんばんは！」と、ちょっと喉が詰まったような声で彼が言った。

サビーヌは動かなかった。そのまま前に向かって歩いて、彼の横を通り抜けていくこともできたろう。或いは、引き返してマロニエの小道の方へ戻っていくこともできたろう。だが彼女は、自分の態度が挑発的に見えるかもしれないと知っていながら、じっとそのまま動かないでいた。彼女は顔を上げ、一歩前に近づいてきた老人を挑むような目でにらんだ。日はとうに暮れていた。高いところについた外灯の下でこの曖昧《あいまい》な対決は続いていたが、外灯は風に揺れ動いて、向かい合った二人を時折照らすだけだった。

「こんばんは！　お嬢ちゃん」と、老人はさらに近づいてきて、言った。「ボンボンをあげようと思ってね……」

なんの権利があって、こんなふうに馴々《なれなれ》しい言い方をするんだろう？　サビーヌはこんなにも図々しい態度を見せられて思わず顔に血が上るのを感じ、急に額と掌がじっとり汗ばむのがわかった。

「ボンボンだよ」と、相手は続けた。「ね、おじさんのこと、恐くないだろう？　ずっと前から顔見知りなんだから」

彼女はもう少しで、あんたなんか知らないし、あんたのボンボンなんて、そんな変なものいらない、だいいち甘いものなんか大嫌いだし、さっさと向うへ行ってほしい、あんたにはうんざりしているんだ、もう二度と道で顔を合わせたくない、とまくしたてるところだったが、なにかわけのわからない力に口を封じられ、一瞬その場に立ちすくんでしまった。

彼女は、心のいちばん奥深くからなにか邪悪なものが湧き上がってきて、彼女に決意を促すのを感じた。やるんなら今日しかない。

小柄な男は彼女のすぐ傍にきていた。背丈は彼女とあまり変わらなかった。彼はオーデコロンの匂いをぷんぷんさせ、えへらえへら笑っていた。

「お嬢ちゃん！」と、彼女の顔の方へそろそろと手を差しのべながら、彼は言った。「なんてあんたの目は黒くて、意地悪そうなんだろうねえ！」

サビーヌがもう一度よく考えてみようと思ったその瞬間に、なんとも名状しがたい、しかしなにごとをも可能にするようななにかが生じた。

たしかに、そうよ。やるんなら今日だわ……

彼女が、小さな獣のように敏捷な動きで、二度同じ動作を繰り返すと、老人はぱっと両手で腹を押さえた。彼は呻《うめ》き声をこらえ、身を二つに折り曲げた。その顔には、驚きと非難の悲痛な表情が浮かんでいた。

サビーヌはこれを見て、ひどく動転した。手はまだナイフを握ったままだった。照らしては翳《かげ》る外灯の光の下で、彼女は、血がナイフの刃を黒く染め、手を汚し、手首に流れているのを見つめた。致命傷を受けた老人が、文字どおり縮こまりながら、まるでずっと前からこうなる運命と決まっていたみたいに、いかにも諦めきって地面にくずおれていくのが目に映った。

不意にパニック状態に陥った彼女は、彼の傍に跪《ひざまず》き、恐る恐る彼の顔を叩いてみた。「おじさん」と、彼女はささやくように言った。「だいじょうぶよ！　しっかりして。お医者さんを呼んでくるから。待っててね、お願い、待ってて……」

しかし〝みみずく〟は待てなかった。彼は息絶えようとしていた。ねばねばした液体が口から出て、顎に流れ落ちた。すでに彼の目はかすんでいた。

そのときだった。何者かがサビーヌの背後に音もなく現われ、彼女の顔を片手で押さえると、乱暴に口に布きれを押し込んだ。彼女は両腕をねじ上げられた。今にも折れそうだった……ひどく痛かった。彼女は抵抗したが、力ずくで茂みの中に引きずり込まれた。引きずられていく途中、むきだしの脚をなにかがひっかくのを感じた。（ヒイラギだわ）と、彼女は考えた……

亡霊への憐れみ

私を捉えていた恐怖の感情が、新たな好奇心にとってかわった。
A・ピエール・ド・マンディアルグ

われわれは、月並みな観光名所とは無縁のコースを辿《たど》りながら、車のあまり通らない道を選んで走っていた。今は黄色っぽい土の道をのろのろ運転で走っていたが、道は赤茶色の平原の中を曲がりくねってのびていた。地面は多孔質の白い岩石が露出しており、到るところ、干涸《ひから》びた皮膚のような亀裂をみせていた。焼けつくような暑さだった。けたたましい蟬の声が、甲高くひっきりなしに鳴り響き、機械がどこか故障したのかと思って車を止めたくらいだった。じっと止まって、鼓膜を震わせる音に耳を傾けてみて、はじめて、倦むことなく繰り返す何百万もの蟬の鳴き声の只中にいることがわかった。

澄みきった、くらくらするほど真っ青な空の下に、なだらかな起伏が、幻覚に襲われるほど単調に目の前に広がっていた。車が通ったあとには、いつまでももうもうたる土埃《つちぼこり》が空中に立ち込め、今通りすぎてきた地方全体を視界から覆い隠した。まるでわれわれの背後で、われわれが前進するにつれて世界がつぎつぎと虚無の中に埋没していくかのように、瞬間瞬間の過去が消滅していった。

疲労からか、暑さからか、あまり快適でない小さな道路の上を果てしなく揺られつづけて気分が悪くなったからか、誰も話をしようとする者はなかった。わたし自身、運転していても楽しくなく、根気よく間違ったことを続けているような、うんざりした気分だった。

エンジンは快調だった。この点での心配はまったくなかった。道の状態はひどかったが、車の揺れはなんとか我慢できた。いや、うんざりなのはそのことではなく、永遠の果てしない道に入り込んでしまったような気のする、単調で荒涼とした風景だった。切り立った岩が見え、そこに荒廃した昔の廃墟を見つけたように思い、指標にしていたが、それが絶えず虚空に上下動して、いっこうに近づけないのだった。われわれは少しも前に進まずに、同じところを堂々巡りしているようだった。

太陽はじりじり照りつけていた。窓は閉めっぱなしで、みんなしだいにこの冒険に耐えきれなくなってきていた。誰もが不機嫌になっていた。わたしの横に座っていたオーレリアが、ミントの最後のドロップをがりがり噛み砕き、嘆いた。「あーあ、まったく！〈こんな国に来なきゃよかった！〉」

いつもなら笑うこの流行《はや》り言葉にも、誰もにこりともしなかった。後部座席の奥で、セルジュが汗を拭きながら、ぶつぶつ言った。

「こんな道に入ってくるなんて、まったくどうかしてるよ！　これじゃ、絶対にどこにも行き着かないぞ。故障でもしたら、助かるのに少なくとも一週間はかかるぜ！」

もちろん、彼は大げさに言っているのだった。しかし、わたしもやはり心配になりだした。本街道を出てからすでに二時間もたっていたが、いぜんとして砂漠のまん真ん中にいるのだ。

文明は幹線道路に沿って延びていくが、横にはほとんど開けていかない。このことをわたしは確認するばかりだった。引き返すには、今からではもう遅すぎた。ワイシャツが肌にぴったり張りついていた。バックミラーを覗くと、くしゃくしゃのハンカチで首を拭《ぬぐ》っているセルジュと、その横で、暑さで気分が悪くなり、吐き気をまぎらせるためにうつらうつらしているブロンド＝アミの姿が見えた……

「ほら、あそこ！」と、突然オーレリアが言った。彼女は、いつまでも遠くへ退《しりぞ》いていく地平線を、諦めずに目で探っていたのだった。

「あそこって、なんだい？」

「建物よ。農家だと思うわ、じゃなければ、修道院よ。塔が見えたもの……あそこ、丘の向うよ！」

わたしは元気が出てきた。彼女の言うとおりだった。これで、わずかな日陰を見つけ、くつろいだり、簡単な食事をしたりできるだろう。わたしはアクセルを踏んだ。女たちも元気を取り戻し、すでに反射的に髪に櫛《くし》をあてていた……

われわれは、急斜面を登る石だらけの道にわざわざ車を乗り入れるような危険なことは避けて、坂の下に、ドアを開けたままにして車を置いていった。直射日光にさらしたままになるが、仕方がない。

白い石、埃で灰色になった、まばらな、干涸びた草。低い鉄格子の門がねじ曲がって、なんとか蝶番《ちょうつがい》にぶらさがりながら残っている、崩れた塀。そこは、空き家になって放置されたシャトーのある農園の中庭だった。もちろん、廃墟よりはましだった。扉は全部ついていることはついていたが、半開きになったまま、色が剝《は》げ、役にたたなくなっていて、なんとも言えなくわびしい様子だった。いくつかの窓には、ガラスがまだ残っていた。

持参の兵糧《ひょうろう》を建物の陰に置き、なにはさておき、ちょっと探索してみることにした。

母屋はおそろしく荒れはてていた。ぱっくり開いた天井から、格子状に透けた屋根と、その向うに、静止した水面のような空が見えた。薄暗がりの中からだと、ちょうど井戸を逆さに覗き込んだような感じだった。家具はなかった。棚は取りはずされ、壁は剝げ落ちていた。床には、藁《わら》が散らばっていた。到るところ藁屑だらけだった。まるで、昨夜ここで、兵隊たちでも寝泊まりしたかのようだった。壁が抜けた納屋や、秣棚《まぐさだな》にまだ秣が積まれたままになった馬小屋や、かなりの広さの礼拝堂までも、みんなで見て回った。礼拝堂には、石の祭壇、崩れた聖体拝領席、壁面にしっかり取りつけられたいくつかの鉄製の蠟燭立てが、そのまま残っていた。屋根の梁《はり》の下には、いくつもの灰色でざらざらした燕《つばめ》の巣があった……そして、到るところに、やはり藁が散らばっていた。

このなんとも素敵な歓待ぶりの、荒涼とした場所には、人間の生きて暮らしている形跡はまったくなかった。近くにある井戸も涸れていた。もっとも、とても深かったから、水があってもとどかなかっただろうが。

腹ごしらえをするために、われわれは礼拝堂の壁に寄りかかって座った。

乾いた、温かい地面に寝ころび、両手を枕に、わたしはぼんやり物思いに耽《ふけ》っていた。口にはまだ、デザートに食べたオレンジの甘い味が残っていた。

呼び声にはっと我に返ったところをみると、どうもそのままうとうと寝入ってしまったらしい。

「ちょっと見にきてみろよ」と、セルジュが叫んでいた。「さあ、起きて！……」

がらんとした礼拝堂内に響く床石の反響が、地面を伝ってはっきり聞こえてきた。

眠気をふりはらうと、わたしは仲間たちのところへ行った。

「見てごらんなさい！」と、オーレリアが得意そうに言った。「大発見よ！」

祈禱室の真ん中で、みんなは床の藁を押しのけ、縦横同じ長さの小さな十字架が彫ってある、かなりの大きさの墓石を見つけだしていた。オーレリアとブロンド＝アミがそれぞれ斜めに向き合う角に立って、全身の重みをかけながら、目地が剝がれたその床石を踏み鳴らしていた。

セルジュは、どこからか古びて錆《さ》びついたたがねを見つけだしてきて、石の隙間に突っ込もうとしていた。しかしうまくいかなかった。

わたしは、さっき起き上がってくるときに、礼拝堂の外側の壁沿いに鉄の杭が一本あるのを目にしていたので、それを取りにいった。これはうってつけの道具だった。

「指に気をつけろ！」――などと声をかけ合いながら、一所懸命力を集めてなんとか石を塡《う》まった穴からはずし、横へ滑《すべ》らすことができた……ぽっかり開いた穴から、地下室の匂いと黴《かび》の匂いが上ってきた……

われわれは四人とも冴えない顔で、要するにいささかたじろぎながら、顔を見合わせた。

「わたし、こんなこと、あまり好きじゃないわ」と、ブロンド＝アミが言った。

「みんな、墓荒らしって顔してるわ」と、オーレリアが追いうちをかけた。

「墓荒らしするなんて言っちゃいない！」と、わたしはきっぱり言った。「これは地下納骨堂だよ。やっぱり、こんな発見をした以上、もっとくわしく見もしないで、あっさり帰るわけにはいかないね……懐中電灯を貸してくれ！……誰かぼくといっしょに降りる者は？……」

セルジュが走っていって、すぐに懐中電灯を持ってきた。そして、わたしに手渡した。わたしは腹ばいになり、暗闇の穴に片手を垂らして、ぱっと明かりを照らしたが、すぐに消した。奇妙なものが目に映ったのだ。

「深いの？」と、オーレリアが訊いた。

「それほどじゃない」

わたしは穴の縁に座って、両脚を空中にぶらぶらさせていた。わたしはセルジュの目を覗き込んだ。下に降りるか降りないかは、彼の考えにまかせよう。しかし、彼はまったく動じた様子がなく、それで、わたしも勇気が出た。

「行こうか？」

その声は自分にも心許《こころもと》なく思えたが、それでも他の連中を決心させるだけの力はあった。

「よし……行こう」と、彼らはいっせいに答えた。

わたしは懐中電灯をベルトにはさみ、うしろ向きになり、両手の肘まで穴の縁にかけて、ぶら下がった。真っ暗な暗闇に誰かが身をひそめていて、わたしの片脚を摑まえようとするかもしれないと考えた途端、鳥肌が立って、もう少しでこの企てを放棄するところだった。しかし、セルジュも、そして今は女の連中も、笑っていた。

「いつまで待たせるつもり?」と、みんなが訊いた。

いや、今すぐだとも。わたしは少し体を落とした。両足で探りをいれてみると、なにかにぶつかって、空洞の丸木に当たったような音をたてた。今や手の先でぶらさがっていたが、しかしまだ折り曲げた両腕に充分弾力をもたせながら、地面がどの辺《あた》りか察しをつけていた。それから手を離した。その場所はそんなに深くなかった。もちろん、ちゃんと懸垂さえできれば、独力でもそこから出ることができた。誰かが踏み台にでもなれば、わけなく出られるだろう。

「降りてきていいぞ」と、わたしは言った。

この合図で、他の連中が順番に降りてきた。まず、セルジュ、それから女たち。彼女たちに降りる手助けをしていてわかったが、ブロンド＝アミは興奮でわくわくしていた。まずそのむきだしの脚を両手で支えてから体を抱え下ろしたが全身燃えるように熱かった。

「明かりをつけてよ」と、彼女は昂《たかぶ》った調子で言った。「どんなとこか見たいわ」

わたしはしばらく待たせた。空中を見上げると、礼拝堂の屋根の梁と燕の巣が見えた。微《かす》かな風に、穴の縁の藁が揺れ動いた。

「ちょっと待って」と、わたしは落ち着いた口調で言った。「いま説明するから……みんな動かないで、周りのものに触《さわ》らないように、とくに大声を上げないでくれよ」

「こんな国に来なきゃよかった！」と、オーレリアが不平を言った。

彼女の声に無理した響きがあったが、みんなはどっと笑った。まったく、この娘の堪《こら》え性のあることといったら！　頭上からの明かりが、われわれの顔の上部を微かに照らし出していた。髪と額と。セルジュだけは、背が高いので目まで見えた。他は闇に隠れて見えなかった。

暗闇の中で、われわれのうちの誰かが、人差し指でよく響く木の板を叩いた。ドアをノックするような音だった。だが、それは不意に止まった。セルジュが苛立って叫んだ。

「ちぇっ！……明かりをつけるのかつけないのか、どっちなんだ？」

わたしは明かりをつけた……とたんに、女たちが叫び声を発した。セルジュは毒づいて、両手をポケットに突っ込んだ。しかし、なにが待ち受けているかすでに大方の予想がついていたわたしは、友人たちの恐怖を見て意地悪な喜びを味わった。だがその一方で、目の前に発見したものに怖気《おぞけ》だってもいた。

われわれの前に、いくつもの棺が、石の台の上に置かれて、肘の辺りの高さにずらっと並んでいた。

「いや！　いや！」と、ブロンド＝アミは両手で目を覆いながら、哀願するように言った。

「上に上がらせてちょうだい。行きましょうよ」

「ちょっと待ってくれよ！」

突然、肚《はら》が固まった。わたしは懐中電灯を握り、調査にかかった。棺は年代がさまざまだった。非常に古い年代のものもあれば、もっと最近のものもあった。長い年月を経て、棺の板は、濃淡さまざまに黒ずんでいた。並んでいる中でいちばん新しい、灰色がかった樫の棺には、〈ブランシュ・ド・カスティーユ、一九一五年〉と記された小さな銅板が打ちつけてあった。一九〇二年、一八八六年、一八六五年、一八三二年、一八二〇年……と、時代を遡りながら、順を追って名前と日付を読みとっていくことができた。

「すごいな」と、わたしは呟《つぶや》いた。「ここでこんなものを見つけるなんて、思ってもみなかったよ」

わたしは、懐中電灯の光をセルジュと女性たちの方に向けた。彼女たちはいくぶん落ち着きを取り戻し、セルジュに庇《かば》うように抱きかかえられて、縮こまっていた。三人とも、非難のこもった食い入るような目で、黙ってわたしのすることを見つめていた。

近くに寄って調べてみると、それらの棺に人の触った形跡があるのがわかった。われわれ以外に、すでにここに入ってきた者がいたのだ。きちんと蓋を被《かぶ》せなおしてない棺が一つあり、その蓋を、あいている片方の手で滑り落とした。われながらなんとも病的な好奇心だ。干涸びた死骸は、筋だらけで植物化した古いミイラのように、見て恐ろしい感じはなかった。ただ、窪んだ眼窩の暗い穴だけが、死とその恐怖を思い起こさせた。

わたしは、この冒瀆行為に他の連中を引きずり込んでやりたいという、おぞましい要求に駆られていた。背徳漢の邪悪な悦楽だ。

「見たまえ!……」

「さあ、ほら」と、わたしはしつこく言った。「そんなに気味悪いものじゃないよ。どこの博物館でも見られるやつさ」

わたしはブロンド＝アミを引っ張り寄せようとして、手を掴んだ。彼女は激しい勢いで手をふり払った。

「いやよ！……そんなことできないわ！　お墓を暴《あば》くなんてこと」

そう言いながらも、彼女は近寄ってきて、わたしの肩に手を置き、覗き込んで見た……

彼女の息づかいが荒くなっていた。その内心の震えが、彼女の腕を伝ってわたしの心臓まで届くように感じられた。ブロンドの髪の匂いに、今この瞬間、何か奇妙に人を酔わせるものがあった。セルジュは、二人の間に、こうして不吉な絆が知らぬ間に結ばれていくのを感じ取ったにちがいなかった。彼の声が大きく鳴り響いた。

「死者に復讐されるぞ！　もうここらでやめにしようじゃないか！　さあ、行こう！」

ブロンド＝アミはおとなしく従い、彼のところに戻っていった。わたしはいちばん新しい棺のところに引き返した。

「もうちょっとだけ待ってくれ」

わたしは不意に、このブランシュ・ド・カスティーユの名と一九一五という没年が記された棺の中に、彼女の遺骸がいったいどんな形で残っているか、無性に知りたくなったのだ。四十年……骸骨か、ミイラか、腐敗した屑か？……

「いいかげんにして！」と、本当に怒った声でオーレリアが言った。「さあ、出ましょうよ！」

すでに、彼らが手を貸し合い、肩ぐるまになって、日の射す方へ登っていくのが見えた。セルジュは出ていく前に、もう一度わたしに声をかけた。

「来いよ。まったくどうかしてるぞ、おまえ」

「すぐ行くよ」

「車に戻るわ」と、ブロンド＝アミが叫んだ。「おいて行くわよ！」

しかしわたしは、自分の気紛れを満足させたいという愚かな要求に取り憑かれていた。わたしは懐中電灯を左手に、夢中になって仕事にとりかかった。だが、棺の蓋は重すぎて、片手で動かすことはできなかった。そこで、懐中電灯を地面に真っすぐ立てて、置いた。石の円天井に円い光の輪ができた。暗闇の中で、なんとか棺の両角を押さえて全身の重みを掛けるようにした。額が、棺のその短い横の辺に触れていた。両方の親指の肉が蓋にぴったり押し当てられた。ようやっと蓋が動き、すえた匂いが広がった。わたしはさらに、壁にぶつかって止まるまで蓋を滑らせていった。どんな死霊がわたしを駆り立てていたのだろう？　わたしは懐中電灯を取り上げ、そして、ついにそこに見ることができた……

ブランシュ・ド・カスティーユの棺の中には、吐き気を催すような、黒っぽい液体が澱《よど》んでおり、ただごつごつした頭蓋骨と、胴のところに組み合わさった指が露出しているだけだった。窪んだ眼窩にどんな眼差しがあったのかと、わたしは食い入るように覗き込んだが、とりわけこの眼窩のものすごさにわたしは猛烈な吐き気が起こり、胃がひっくり返りそうになった。事実、今にも吐きそうな気がした。こんな身のすくむ、凍りつくような恐ろしい思いをするとは思わなかった。この液化した人体――腐乱死体でさえない――のぞっとするような匂いが、わたしの鼻や、口や、肺を充たした。わたしは気が遠くなった。間違いなく、恐ろしい神罰の兆《きざ》しが今にも現われようとしていた。その身近に迫った神罰を払い除けようと、わたしは心の内で赦しを乞うた。そして、脚をがくがくさせ、歯をがちがちいわせながら、そのままそこを動けずにいた。

「出発するぞ!」と、セルジュが叫んだ。「来るのか、残るのか、どっちなんだ?……それとも、もう死んじゃってるのか?」

わたしは金縛りの状態から、やっとのことで身をふりほどいた。そして、よろめきながら明るい長方形の穴口の方へ歩いていったが、生の圏内に戻ってすっかり元気を取り戻したあの冷やかし屋が、そこから身を屈《かが》めてわたしの方を覗き込んでいた。

わたしはどうにかこうにか上に這い上がった。というより、むしろ他のみんなが礼拝堂の床の上まで引っ張り上げてくれたのだが、わたしはそこでしばらく力なく凍りついたようになったまま、なかなか精気を取り戻せないでいた。

ちょっぴり作り笑いをしてみせながら、やっと、わたしは立ち上がった。仲間たちは面白がって、じろじろ顔を覗き込んだ。きっと、柄にもない強がりのせいで罰が当たった、そんな様子に見えたにちがいない。だが、のんびりしてはいられない、われわれは先へ道を続けなくてはならなかった。わたしは体中が埃と藁屑だらけだったので、ごみを払い落とし、服をはたいた。腿と脚のごみを手でこすり落としているとき、指輪が滑り抜けるのを感じた……もう遅かった！　指輪はすでにわたしの指にはなかった。

「指輪をおっことした！」

わたしの叫び声に、みんながわたしといっしょになって指輪を探し始めた。服を払っているうちに、もしかするとかなり遠くまで飛ばしてしまったかもしれないので、このいまいましい礼拝堂のごみだらけの床を、一寸刻みに探し回らなければならなかった。

「死者の復讐だよ」と、半分ふざけた、半分真面目な調子でセルジュが言った。

「いじめるのはよしなさいよ」と、ブロンド＝アミがわたしの肩を持って言った。「それより、協力することよ」

わたしたち四人は、一時間以上も探した。だが、無駄に終わった。その間一度も、みんなは自分の考えていることを口に出して言わなかった――（もしかすると地下納骨堂じゃないかな？）

わたしはそればかりか、指輪は、蓋が開いたままのブランシュ・ド・カスティーユの棺の中に落ちたかもしれないとさえ思っていたのだった。何年も前から澱んでいる黒い汚水の中に、きっと落ち込んだのだろうと。もう今では、それをほとんど確信していた。そう思うと、なんとも言いようのない苦しさが胸もとに突き上げてきた。子供じみた、息苦しいほどの悲しみがこみ上げてきて、目の縁に涙が滲《にじ》み出、下腹がちくちく痛んだ。

わたしのこの指輪は、たいへんな値打ちものだったのだ。極上の星型のサファイヤが塡まった印章付きの指輪だった。亡くなった伯父からもらったもので、伯父は前に、この指輪には幸運を呼ぶ力があるのだと言っていた。

それを失くしてしまったと思うと、残念でならなかった。あきらめてこのまま放っていく気になれず、地団駄踏まんばかりの気持ちだった……

だがそうは言っても、ここを離れる決心をつけないわけにはいかなかった。がっくりして、われわれは車に戻った。わたしは、まるで近親の痛ましい死を前にしたときのように、胸が締めつけられる思いだった。できるものなら、時間を逆行させ、われわれのした愚かな振舞いを全部撤回し、わたしのばかな行為を永遠の時の中に刻み込まずにすませられたらと思った。だが、もう遅すぎた！

陽はまだ高く、青い空が容赦なく広がっていた。蟬の鳴き声はもう静まっていた。わたしは、夏の陽に焼けた手を見つめた。白い環が、薬指の、失くした指輪の跡にくっきり残っていた……

その晩、われわれはA……に泊まった。小さな四角い広場に面した宿で、広場にはプラタナスの大木がむやみに高く伸び、家々の二階の高さに隙間なく緑の葉の茂みを広げていた。その葉の茂みに、小鳥が群がって棲みついていた。舗道も、ベンチも、駐車した車も、白い糞だらけだった。部屋の窓から、鳥たちの、ひっきりなしに飛び回る音や、群れのひしめき合う音や、羽音や、さえずり声が樹の枝の間に聞こえ、夜になっても静まらなかった。

部屋はだだっ広く、旧式だった。洗面台は——水道はついていたが——凝ったブルーの大きな花模様で飾られた、白い陶器の台だった。ごくありふれた銅のコックをひねると、優美に曲線を描いた白鳥の頸を通って水がほとばしり出た。たっぷり半世紀前の設備一式が、ちょっぴり近代式に改造されているのだった。これらはみな、乗り合い馬車の客たち向けの、一八〇〇年代初頭のイメージにぴったり符合する設備だった。

当時は、親密さなんていうことは、きっと今ほど気に掛けなかったのだろう。大きな部屋の両側の壁面に、ダブルベッドが一つずつ、向かい合うように置かれていた。

オーレリアは両方のベッドを丹念に調べ、どちらも清潔であるのを見定めると、一つを選んで、もう一方のベッドのカバーをもとどおりになおした。

「わたしの傍に寝てくれない」と、彼女は言った。「二人だと恐いんだもの」

その晩、一人ぼっちで寝るのはわたしも恐かった。彼女の申し出は、わたしにとっても好都合だった。わたしたちは、薄紫のクレトン地を張った不安定な衝立《ついたて》の陰で、そそくさと身支度を整えた。二人とも寝つくのは早かった……

はじめての場所で過ごす夜は、異様なことだらけだ。知らない家の物音、ベッドやワックスをかけた床の匂い、窓から今にも侵入してきそうなプラタナスの葉のざわめき、いつもと違う周りの空間の大きさ、ベッドの台のきしみ、そんなすべてが――眠いにもかかわらず――われわれを悩ませ、圧迫するのだ。

ドアを軽くノックする音で眠りを覚まされたのは、何時頃だったろうか？　わたしはベッドに座り、電気の光でオーレリアの目を覚まさないよう、ナイトテーブルの豆ランプをつけてから、用心してそっと立ち上がった。

ドアのところまで行って、聞き耳を立てた。再び軽くノックする音がした。わたしはセルジュか、或いはブロンド＝アミかとも思った。それ以上疑いもせず、音をたてないようにドアを開け、思わず後退りした。

背の高い一人の若い女が目の前に立っていたのだが、わたしはとっさに、母の娘の頃の写真姿を思い浮かべた。生真面目そうだったからか、或いはにこやかな笑みを浮かべていたからだろうか？　それともむしろ、その女の愛らしい時代遅れの服装が、今も映画のスクリーンに甦《よみがえ》る、あの家族のアルバムの中の古き良き時代を思い起こさせたからだろうか？

彼女が小さなマフの中に両手を入れて黙ったままでいるので、わたしはこの来訪が尋常でないことに気づき、それで急に不安な気持ちになった。だが、数歩離れたところにオーレリアの穏やかな息づかいが聞こえていたし、表の広場では、誰か男がしゃべって笑っている声がしていた。わたしは見知らぬ女に会釈《えしやく》し、話を待った。女はさらにいちだんとにこやかに微笑み、口に指をあてた。

彼女はブロンド、それもブロンド＝アミ以上にブロンドだったが、ふわっとふくらませた髪型が、その顔をこの上なく優しく見せていた。濃い色の、非常に裾の長いドレスを着ていたが、長身でほっそりした姿のせいで、それがとても優雅に見えた。

こんなふうに彼女の顔をまじまじと見つめながら、わたしは知らず知らず何歩か後退りしていたに違いない。というのも、二人はもう入口のところにいるのでなく、今や部屋の中に入っていることに、突然気づいたからだ。音をたてずに、彼女は入口のドアを閉めた。廊下から入る光が遮断されたので、部屋は薄暗がりの中に沈んだ。

おぼろな光のもとで、オーレリアは穏やかに眠っていた。わたしは彼女の方を指差し、奇妙な訪問者に小声で話しかけた。

「いったいどうなさったんです？」

オーレリアの目を覚ますのじゃないかと思うあまり、こんなふうに相手を受け入れ、とんでもないゲームに加担したことに、わたしは後悔していた。しかし、見知らぬ女は黙ったままだった。そればかりか、彼女は静寂をいっしょに運んできた。今はもう、表の広場からなんの音ものぼってこず、眠っているオーレリアの寝息も聞こえず、プラタナスのざわめきも止《や》んでいた。

わたしたちは、知らず知らず部屋の中を通って奥まで来ていた。というのも、じきに、背後に空いているベッドがあるのがわかったからである。

ほのかな光に包まれたオーレリアは遠く、非常に遠く隔たって、手の届かないところにいるように思えた……わたしは、大きな声を出して、こんな芝居に終止符を打ち、歯に衣きせずに言ってやりたかった。だが、声が思うようにならなかった。不思議な魔力さえ働いていた。わたしは、訪問客の女の耳に、奇妙な、執拗な言葉をささやいている自分の声を聞いた。彼女はわたしに体をぴったり寄せていた。わたしの両手は、彼女の背なかのホックを探り、それを探り当てた。ドレスが衣擦《きぬず》れの音をたてて滑り落ちた……

明け方、鳥の声に目を覚ました。わたしは一人で寝ていた。すえた匂いがシーツに滲み込んでいた。どこかで嗅《か》いだような気のする匂いだった。

わたしはベッドに腰掛け、オーレリアを見た。彼女も自分のベッドに座って、笑いながらわたしを見ていた。

「そんなとこでなにしているの?」と、彼女は面白がって言った。「ほんとに、疲れた顔をしちゃって！ まるでブランシュ・ド・カスティーユと一夜を過ごしたみたいよ！」

そのとき、手が目に入った。昨夜の死者との婚礼の証拠として、指輪が再びわたしの指に戻っていた……

父と娘

人に聞かされる話で、御免こうむる話題がある。わたしだけに関わる事柄だ。

ルイ・デュブロー

「牝犬《めすいぬ》め！……」間違いないと確信するに至ったとき、フェドール・シエルヴィッチは唸った。憤怒《ふんぬ》と悔しさで口から泡を吹いていた。娘が！……。今やもう、疑うことはできなかった。彼にはわかっていた、自分の娘が……

細かいことはどうだっていい。こんなことは、ひどくみじめで、ひどく破廉恥なことだ。あ、なんという汚辱だ！　なんという堕落だ！……。実の娘が……。実直な青年と結婚してまだ二年にもならないのに。ようし！　今にわかるともさ！　年老いた父親が道理をわからせてやる。

フェドール・シエルヴィッチは歯ぎしりした。怒りが、激しい憤怒が心にこみ上げてきた。平手打ちした頬を手の先に感じていた。

今晩にも発《た》とう。夜通しかけて行って、朝方、あいつのところに着くんだ、髪を引っ摑んでベッドから引きずり出せる時間に……

コンパートメントは薄汚れ、陰気で、埃《ほこり》まみれだった。キルティングしたクッションはボタンがいくつか取れ、その場所に小さな窪みがそのまま残って、か細い枯草のような糸屑がついていた。

車内は暖房がききすぎていた。そのため、蒸気と鉄錆《さ》びの匂いがしていた。配管からぶーんと低い唸り音が出ていたが、時折、小さな音が忙《せわ》しなく鳴り、次いで、もっと大きな音が間を置いて鳴り響いた。

フェドール・シエルヴィッチは、温気で窓が曇ってしまっているので、外を見るのに、人差し指の先でぬぐって覗かなければならなかった。薄黄色に曇ったガラスの中にぽっつり開いた黒い穴から、通り過ぎていく平原が眺められた。雪が積もっていた。見渡すかぎり白一色だった。夜は明るく、厳しく冷え込み、風が吹き荒れていた。ひゅーひゅー唸る音は聞こえなかったが、風が地面すれすれに吹きつけながら、ときどき粉雪の渦巻きを舞い上げるのが見えた。

時折遠くに木立が見えた。かと思うと、ゆっくり口が塞《ふさ》がっていく大地の切り傷といったように、縁だけ凍って、真ん中がまだ口を開けている、黒い斑点状の池が見える。或いはまた、地平線近くに、垣根に囲まれた果樹園のある、廃屋のようにひどく貧しげで、藁《わら》屋根の重みでつぶれそうなぽつんと建った小さな農家が動いているように見える。そしてときには、布のテントのように真っ白な藁の山が。

フェドール・シエルヴィッチは顔を離した。曇った窓ガラスに、二つの大きな穴ができていた。額をくっつけていたのと、下の方は、吐く息のせいだった。ガラスにくっつけていた眉骨のところが冷え、その痛みをとるのに長い間こすらなければならなかった。

コンパートメントには依然として彼一人きりだったので、ありがたかった。両足を伸ばして前の座席にかけることもできた。彼は引っきりなしに煙草をふかした。黒い床には、煙草の吸い殻とマッチの燃えかすが散らかっていた。彼は、この旅の目的について考えないようにしていた。そして、真新しいブーツを見つめていたが、親指の骨のふくらんだ部分がちょっと痛かった。彼はこのブーツが気に入っていた。ウールの手袋でぴかぴかの靴先をはたいて、わずかについた埃を払い落とした。両の手を見た。汚く、薄汚れ、爪は黒かった。手と爪を石鹼できれいに洗ったときの、水と泡の色を思い浮かべた。列車は警笛を鳴らし、それから速度を落とさずに、小さな駅を通過した。いくつかの赤や青の信号灯が、曇った窓ガラスの向うをあっという間に通り過ぎた。そのあとはまた、夜の闇と、平原と、荒涼たる冬景色だった。

隣のコンパートメントで、子供が長い間泣いていたが、どうやらやっと寝ついたらしい。誰かが猛烈な鼾《いびき》をかいていた。赤ん坊じゃあるまい。おそらく父親だろう。

フェドール・シエルヴィッチはほろりとした気持ちになった。まだいたいけな子供……。彼だって両腕に抱いてやることができたのに、もし娘が望んでいたら……もしあのあばずれが……

ますます暑くなってきた。彼は身を屈《かが》めて、椅子の下のスチームの管を指で触《さわ》ってみた。火傷《やけど》しそうなほど熱かった。見ると、指が脂じみた埃で黒く汚れていた。彼は指をクッションで拭った。疲れが出てきた。曲げた親指で、目尻をしばらくこすった。そして、垢《あか》じみたカーテンに頭をもたせかけた。列車のゆるやかな振動も眠気に一役買った。覚醒と眠りの間のまどろみの状態とは、ひどく不思議なものだ……。彼はランプの光の下に身を乗り出し、雲母《うんも》ガラスのはまった腕時計を見た。はっきり見えなかったが、十一時そこそこにしかなっていなかった。ツヴェルスキーに着くまでには、まだ三時間もあった。そこで明け方前に、始発のローカル線に乗り換える予定だった。相変わらずスチームが例の小さな音をたてていた……。この暑さ……

眠ったんだろうか？　夢を見ていたんだろうか？　ほんの少し前から、彼は、コンパートメントにいるのがもう自分一人ではないような気がしていた。誰かがいると察しはついていたが、思いきって目を開けてみる気になれなかった。客の一人が他の場所から移ってきて、邪魔しないようにそっと彼の前に座ったのだろうか？　それとも、車掌が検札のために、彼が目を覚ますのを我慢強く待っているのだろうか？

それははっきりしなかった。妙なことに、彼はあまり知りたいとも思わなかった。そして、またすぐ眠れるだろうと思って、眠ったふりを続けた。ところが、なにかがそれを妨げた。それは、短い息づかい、せかせかした喘《あえ》ぎ声で、ときどき、呻《うめ》き声に似た、哀れっぽく、尾を引く一種の欠伸《あくび》のような音をともなっていた。それとなくこちらの注意を引こうとしているのは間違いないと思い、しだいに好奇心が起こってきた。そのうち、彼は無性に気になりだした。隣のコンパートメントでは、子供がまた泣き始めた。単調な列車の轟音が鳴り響く中で、ときどき、おぎゃーおぎゃーという赤ん坊の鼻にかかった泣き声が聞こえてきた。

フェドール・シエルヴィッチは、それでもまだ、寝たふりを続けていた。凍てついた夜の中を突っ走る列車の轟音が周囲を圧し、深い沈黙が支配していた。

ところが、突然彼は耳をそばだてた。彼の前で、誰かが体を掻いているのだ。最初はそっと、それからやがて、聞いているこちらがいらいらして胸糞が悪くなるほど、激しく掻きだした。もう、我慢ならなかった。彼は目を開けた。

煙草の煙が漂う黄色っぽく霞んだ薄明かりの中に、最初はなにも見えなかった。ただ、前の椅子の上でなにかが動き回り、夢中になって羞かしげもなく体を掻いているのがわかった。それは動物だった。一頭の犬だった。それは突然おとなしくなると、顔を向けて彼のことをじっと見た。

毛色は黒っぽく、薄い色の斑《ぶち》があり、目の周囲と鼻先が赤褐色の、中型の犬だった。口を開けていて、柔らかで細かく震える湿った舌がだらりと垂れ、呼吸するたびに揺れ動いていた。それればかりか、舌先に涎《よだれ》がたまっているのもわかったが、それでも、涎が下に垂れて落ちはしなかった。というのも、ときどき、ピンクの布きれに似たそのひくひく動く薄い舌を引っこめて、上顎をなめまわしては、また出すからだった。

丸くうずくまっていた犬が不意に起き上がったので、フェドール・シエルヴィッチは思わずうしろへ身を退いた。頭がクッションのボタンにあたって痛かった。恐る恐る両手を前に出し、無意識に防御の姿勢をとった。手もとに棒とか、なにか武器を置いておかなかったことが悔まれた。

起き上がった犬は彼の方に向きなおったが、威嚇《いかく》してくる様子はなかった。忠実で愚鈍そうな、人間に近いような目つきをしていた。

彼はそのとき、それが牝犬であることに気づいた。腹は、ぶよぶよにたるんで垂れ下がっていた。突き出た乳房が、その腹に黒く、ぼってりした、不潔な突起を作っていた。

牝犬……。突然彼は、この言葉のけがらわしい、まったく不名誉な意味、女性に向けたこの侮辱的な言葉に込められる下劣な悪意、それがどんなものかを理解した。

彼は娘のことを考えた、娘は……いやだ！　考えると吐き気を催す、憎悪が煮えたぎってくる……それにしても、あのことを知って以来、頭の中で娘をしょっちゅう牝犬扱いしてきたとは……

犬は、もう彼のことを見てはいなかった。体を二つにねじ曲げ、今、腿と横腹の境目の皮を噛んでいた。懸命に噛んでいて、四本の脚が震えていた。体毛は短く、汚れていて、おそらく悪臭を放っているに違いなかった。しかし実際には、煙草の煙や、蒸気や、鼻を鈍らすこのむっとする熱気のせいで、動物の匂いはまったく感じなかった。

突然犬が床に下り、無邪気に彼の脚の匂いを嗅《か》ぎ始めた。フェドール・シエルヴィッチは動物が好きではなかった。撫でてやろうなどとは思いもしなかった。彼はぶつぶつ文句を言いながら、両手をポケットに突っ込み、座席の隅に身をすくめた。

すると牝犬は彼の足を乗り越え、甘えて信頼しきったように、両膝の間に頭を割り込ませてきた。

「しっ、あっちへ行け！……」と、フェドール・シエルヴィッチは、いまいましそうに、両脚の位置を変えながら唸るように言った。

牝犬は彼の右足の上にのっかろうとし、うしろ半身を新しいブーツになすりつけだした。犬は押しやられたが、またも同じことを始めた。フェドール・シエルヴィッチはドアを指差して「しっ、しっ」と、言った。牝犬はまずドアを見、次いで出ていけと命令している男の方を見てから、目をつぶって長々と欠伸した。その口は、真っ白な長い牙を備えた、ピンクと紫の大きな口だった。

そこで、シエルヴィッチは立ち上がって、手荒に首の皮を摑むと（犬は首輪をしていなかった）、コンパートメントの外へ押し出そうとした。彼は、なにか温かく弾力のあるものを摑んだ感じで、まるでそれは、中にくるんだ肉体を外界から守っているだぶだぶの動物の皮といったふうだった。犬は四肢に力を込めてふんばった。それを彼はずるずると廊下まで引きずっていって放した。ところが、ドアを閉めるより早く、牝犬は彼の脚の間をさっとくぐり抜け、再び椅子の上に跳び乗った。犬はこの遊びを面白がって、はしゃいでいた。尻尾をぱたぱたさせていた。

フェドール・シエルヴィッチは、もう我慢できなかった。犬の片耳を摑むと、乱暴に下に引きずりおろした。すると犬は唸って、彼のふくらはぎに激しく嚙みつき、それから彼をじっとにらんだ。その構えから、今の最初の攻撃は、単に警告の意味しか持たないことがわかった。

人間と動物はこうして互いの力を推《お》し量《はか》っていた。シエルヴィッチの怒りは次第に大きくなり、それとともに、動物の方の自信が増大していった。

「すぐに叩きのめしておくべきだった」と、人間の方は考えた。「俺に噛みついたんだから、俺が恐がっているのを見抜いているかもしれない。俺に力のあるところを見せたことで、すでに奴は俺の上に立っている。まだ間に合うんなら、反撃に出なくちゃならん」

シエルヴィッチの片足が、牝犬の前脚の間の胸もとを勢いよく直撃し、文字どおり犬を蹴り上げると、犬は鋭い鳴き声をあげた。

「まずかったな」と、憎悪に満ちた犬の身構えに怯《おび》えながら、すぐにシエルヴィッチは考えた。「こんどこそ、本当に奴は怒るぞ」

だが、牝犬はすでに彼の上にのしかかり、彼の手を噛もうとし、喉もとを襲って噛み切ろうとしていた。今や両者の間にあるのは憎悪と、そして殺戮の欲求だった。

フェドール・シエルヴィッチは、柔軟な身のこなしで狂暴に襲いかかってきた相手の突然の攻撃に後れをとり、やっとのことで防戦していた。だが、さいわいうまく身をかわし、痛手をこうむる前に、右腕を曲げて犬の頭を固く締めつけ、身動きできないように押さえ込むことができた。

こうして、少なくとも一時的には、噛みつかれるのを免れた。牝犬は激しくもがき、体をふりほどこうとし、懸命に後退りしようとした。フェドール・シエルヴィッチは、放さぬように、汚れた床の、煙草の吸い差しやごみ屑の間に膝をついて、防戦しなければならなかった。

それから、激しい沈黙の戦いが始まった。犬は逃れようともがきつづけ、ちょっと息をついてはまた、力をふりしぼって、フェドールの腰に固く抱え込まれた頭をふりほどこうと、うしろへ身を引きながら、右へ右へと退がった。フェドール・シエルヴィッチは危険を感じていた。そして何度も、背中の上からまわした左手で腹を締めつけながら、牝犬を前に引き戻した。こうして、肌と肌を接しながら、この動物の体が震え汗をかくのを、黒く皺の寄った、あの吐き気を催すような突き出た乳房が脈打つのを、じかに感じていた。

不意に彼は、手を放してしまうのじゃないか、最後までもちこたえられないのじゃないかと心配になった。この犬は、ただこんなふうに抱え込んでいても、弱っていきはしない。こんなことが何時間も続くかもしれないし、犬の息の根を止めることはできないだろう。摑まえている力も馬力はないし、弱すぎた。

格闘しているうちに、彼はバランスを失い、窓にもたれかかった。うしろでかたんという音が聞こえ、さっと冷たい空気が襟首に落ちてきた。ガラス窓を留めた革がいっきにゆるんで、窓が急にギロチンのように下りたのだった。

風にあたったおかげで、彼は元気を取り戻した。今はもう、彼と夜の闇を隔てているものはなかった。列車は崖下を走っており、細長い薄黄色の光模様が、黒い岩壁の表面を猛スピードで通過しながら、おかしな格好にへばりついた小さないじけた灌木の茂みを闇の中に浮かび上がらせていた。

息が詰まりそうなほど寒かった。吹き込む雪の粉が目を塞ぎ、襟首の中に溶け、耳の中まで入り込んだ。彼は首をすくめてなんとか寒さを防いだ。しかしこのために、右腕でなおも牝犬が首をふりほどこうとしてもがくのを締めつけていた力が、著しく弱まった。

突然、フェドール・シエルヴィッチは悲鳴を上げそうになるのを、ぐっとこらえた。腰の少し上の、背肉を嚙みつかれたのがわかった。彼は、前にもまして懸命になって防戦した。上着の上から、犬が横向きに唇を押し潰《つぶ》すようにして奥歯まで深くがっぷり嚙みついているのがわかった。彼は嚙みついた口を放させようと、左の手で、犬の肋骨や、脇や、横腹や、腹を殴りつけた。股間の、熱く敏感なあのむきだしの箇所に、容赦なく爪を立てようとさえした。だが、なんの効果もなかった。それどころか、口はますます固く締まった。たまらない痛みだった。まるで万力で締めつけるような、途方もなくきつい嚙みようだった。寒さも堪え難い苦痛となり、頭を痺《しび》れさせた。彼は弱ってきた。悪い夢でも見ているように、頭の中で一つの言葉が、スタンプを押すみたいに踊っていた。「もう……負け・そう・だ。もう……負け・そう・だ……。もう……負け・そう・だ」

そのぎりぎりの土壇場で、右腕の下から細長く、痩せて、摑まえにくい、ほっそりした犬の頭が滑り抜けるのを感じたが、その瞬間、彼は左手で、牝犬の両方のうしろ脚をしっかと摑まえた。剝《は》いだ毛皮のように牝犬を腕の先にぶら下げながら、猛烈な勢いで、ぱっと立ち上がった。犬は、体をよじって逃れる間がなかった。彼は素早く片方の手で犬を窓から押し出した。首と前脚が外に出た。フェドール・シエルヴィッチは、細かく飛び散る雪のために思わず目を閉じなければならなかった。一瞬彼は躊躇した。その間、窓の外で狂ったようにひっかく爪の音が聞こえた。それから彼は手を離した……

なんの音もしなかった。すぐに風の中に顔を出してみたが、なにも見えなかった。髪が風に吹き飛ばされそうだった。耳が凍りついてガラスになったみたいな気がした。平原はなだらかな起伏を見せていた、白く、インク色の青さの空に達するまで、限りなく白く……

列車は速度を落としていた。引き込み線に停車していた貨物列車とすれ違った。そして、大事故を起こすこともなく、騒々しいポイントの上を通過した。ツヴェルスキーに着いたのだ。ホームでは、合図の灯火を振っていた。駅の黒い建物は、二つの窓だけに明かりが点《とも》っていた。乗客が何人か降りた。

フェドール・シエルヴィッチは窓に凍《こご》える顔をさらして、ぼうっと麻痺したようになっていた。なにを見ているかわからないままに外を眺めていた。正面に時計があるのはわかったが、時間を読み取ることはできなかったろう。二人の男が、列車の先頭についた荷物車の方へ手押し車を押していった。空の手押し車は、ホームの敷石の上でがたがた揺れ、騒々しい音を響かせた。腕木信号機がパタンと鞭《むち》のような音をたてた。駅員の叫ぶ声が聞こえた。「ツヴェルスキー！……ツヴェルスキー！……」

そのとき突然、彼は列車を乗り換えなければならないことを思い出した。なんて間抜けなんだ！……。彼はあわて、手早く荷物を掻き集めると、衿が兎皮の羊皮の上着を着る間もあらばこそ、腕にひっかかえ、グリーンの紐でくくったひどく軽い安物のスーツケースを掴んで、発車ぎりぎりに列車から降りた。

フェドール・シエルヴィッチは、駅の小さな食堂で、長い間煙草をふかしたり、飲み物を飲んだりしていた。こんなに遅い時間なのに、足をはたき、体を揺すぶり、雪の積もった毛皮の縁なし帽を払いながら、頻繁に人が入ってきた。ホールでは、大きなブルーの陶製のストーブに太い薪《まき》がごうごう音をたてて燃え、その暑さで、みんなが運んでくる雪や長靴から落ちた氷の塊りが溶けて、床石の上に大きな黒っぽい水溜まりができていた。リボンがひらひらする白い小さなボンネットを被《かぶ》った、まるまるとした赤ら顔のウェイトレスが、黙々と酒を注いでいた。カウンターのうしろの小樽から出して、栓なしのずんぐりしたカラフに入れるのだ。飲む方はほとんど長居をすることはなく、立ったままだった。大部分が、製材所に材木を運んでいく夜の荷馬車引きたちだった。毛皮の衿の皮コートを着た、髭もじゃで垢だらけの逞《たくま》しい大男たちで、注いだ酒を一気に飲み干し、口髭の周りに垂れた酒をすすって舐《な》めていた。勘定を払わずに、ただ丸めた長い鞭《むち》でちょっと挨拶するだけで出ていくところをみると、きっと常連なんだろう。他にも、こっそりやってくる、暗い光のもとで仕事をして目をはらした駅員や、足もとに荷物を置き、テーブルに肘をついて、すっかり諦めきったような様子で、ロスク行きの支線列車が曙の中に姿を現わすのを待っている乗客たちが、ぱらぱらとだがいた。

どれもとりたてて特徴もない客たちばかりだったが、中で若いひと組のカップルが目についた。妻の方は壁に寄りかかり、口を開け、体をまるめた子供を胸に抱いたまま、うしろにのけぞるようにして眠っていた。彼女の傍では、ブロンドの髭の若い男が眠気と戦っていた。彼はどうしていいかわからないでいた。妻を起こして子供を抱き取ろうか、それとも自分の方も眠ってしまう危険はあるが、このまま二人を見守っていようか？

若い男は伸びをし、急いで荷物を数え（麦藁のスーツケース一つに、ぐるぐる巻きにしてバンドで固く縛った毛布二つ、それと茶色の紙でくるんで、不器用に紐かけした大きな荷物が一つ）、それからコップを食堂の主人に差し出した。

フェドール・シエルヴィッチといっしょの列車で来た旅行客で、子供は、おそらく車内で長い間泣いていた子供だろう。

それで彼は、旧友に出会ったように、親しげに近づいていった。彼は初対面の男に挨拶し、母親と子供の眠りを妨げないように、小さな声で静かに話しかけた。

若い男はにこにこし、うなずきながら聞いていた。彼は賛成した、というか承諾した。そして、立ち上がると、妻のところに行き、眠っている母親の腕の中から用心深く乳飲み子を取り上げた。母親はぴくりともしなかった。この瞬間、彼女の夢を一つの影が暗く覆ったかもしれない。だが、この単純な女が夢を見ただろうか？

フェドール・シエルヴィッチは、すっかり幸せな気持ちになって、彼らのテーブルの席に座り込んでいた。若い父親が眠っている子供を預けてよこしたとき、フェドール・シエルヴィッチは飛びつくように両手を差し出した。おしっこと甘酸っぱいお乳の匂いのする、おくるみにくるまったこんなか弱い赤ちゃんを腕に抱けることは、老人にとってなんともいえない喜びだった！　彼は武骨に、片言であやしながら、うっとりとしていた。彼にはなんだか信じられなかった。こんなに薔薇色で、柔らかで、皺一つなく、安心しきって、幸せそうにしているこの赤ちゃんの顔を、今こんなふうにして身近に眺めていることが。この奇跡的な肉の花を萎《しお》れさせてしまわないかと恐れて、彼は老人の煙草臭い息を抑えていた。とりわけその唇は、一種恐いような感嘆を彼に呼び起こした。それは、くっきりときれいな輪郭を描いていた。それからまた、ひっきりなしに消えては現われ、まるい顎の上にきらきら光る涎になって流れる、この透き通ったちっちゃなあぶく……

この赤ん坊が、もし自分の血を受け継いだ子だったら。そうしたら、まだはっきり整わない目鼻立ちの中に、どこか似通った面影を探すこともできるのに。彼の娘の息子……

娘に対する悔いと、恨みと、怒りが、突然彼の心の中で大きくなり、熱病のようにこめかみを打った。突如としてこの旅の動機と、身内に燃える激しい憤怒と、これから受けさせる正当な仕置きとを思い出したのだ。

彼は、驚いている父親に、いささかつっけんどんに子供を返した。子供は目を覚まして、泣きだした。それから彼は、握り拳《こぶし》でテーブルを叩いて酒を注文した……

二時間後には、彼は完全に酔っ払い、やっとのことで列車に引っ張り上げてもらった。

ロスクで降りたときも、まだ彼は酔っていた。しかし、スーツケースを目の前に放り出し、袖いっぱいに雪を詰め込んでホームに這いつくばった途端、寒さで酔いが醒めた。以前、来たことがあるので、この土地は知っており、村にいく道もすぐにわかった。

怒りを反芻《はんすう》し、もうじき恥ずべき娘に浴びせかけてやるはずの言葉を念入りに選びながら、彼は長い間歩いた。田園は、見渡すかぎり白一色だった。太陽はやっと昇りかけ、白っぽくにび色に光りながら、まだ地平線から離れきらずにいた。胸苦しいほどの静寂だった。規則正しく雪を踏む小さな足音と、時折、脚にスーツケースがぶつかる音が響くだけだった。足を止めて耳を澄ましてみるが、無駄だった。それは、迷子のように泣きたい気持ちになる、絶望的な虚無だった。

やっと、丸裸の二つの丘の間に、礼拝堂の丸い鐘楼が見わけられた。村はもうじきだった。そこに娘が住んでいるのだ。しばらくすれば、この前来たときからもっと大きくなっている黒い樅《もみ》の樹の林を通りすぎているだろう。潰れかけた大きな農家、ねじ曲がった樹ばかりの林檎《りんご》園、井戸の支柱、そしてやっと、村の通りが見え、そこを行ったいちばんはずれに、大きく、豪華で、立派な、白い家が目に入るだろう。この家に、彼の子供が恥辱を持ち込んだのだ。

それにしても、いったいあの連中は、こんな朝早い時間にあそこに集まってなにをしているんだろう？　村中の人たちが、彼の娘の家の前に寄り集まっているようだった。異様な、静まり返った興奮が、この人だかりを支配していた。手に提げたり、目の高さに掲げられたりしたいくつものカンテラが、もうこの時間にはほとんど無用な弱々しい光で、その場を照らしていた。

フェドール・シエルヴィッチは、不安に駆られて走りだした。いったい娘になんの用があるんだろう？　戸口の前にああして異様に人々が集まっているのは、どういうわけなんだろう？　娘をひどい目に合わせようとでもしているんだろうか？　なにか事故でも、ぼやでもあったんだろうか？

彼は、すでに好奇心を充たして黙々と戻ってくるいくつかのグループとすれ違ったが、思いきって尋ねてみる勇気が出なかった。やがて彼は、半円に取り囲んだいっぱいの人垣の、うしろの列に辿り着き、その間に割り込んだ。

すると、雪の中にうつぶせに倒れている死体が目に入った。

即座に、傍に近寄って見る前から、彼にはわかった……

それはナイトガウンをまとい、脚をむきだしにし、凍りついて固くなった、血塗《ちまみ》れの、彼の娘だった。

彼は跳び出していこうとしたが、いくつかの手が彼を引き止めた。

「警察を待ってるんだ」と、誰かがそっけなく言った。「誰も手を触れちゃ駄目だ」

みんなは彼が誰だかわからず、彼の前であけすけにしゃべった。

「自殺でしょうね、きっと?」

「いやちがう。たまたま通り合わせたんだが。真夜中だった。一部始終を見たよ。彼女は声もたてず、窓の縁からぶらさがっていて、はだかの足をばたばたさせながら、足がかりを必死になって見つけようとしていた。飛び下りる決心もつかないし、こっちも助けてやることができなくて、白い姿が悲愴だったね。まるで、上で、姿の見えない誰かが手を放そうかどうかためらいながら、空中に彼女をぶら下げているみたいだったよ」

「かわいそうに」と、喉を詰まらせて、フェドール・シエルヴィッチは呟《つぶや》いた。

「たいへんなあばずれだったわ、ええ!」と、口さがない女が肩をすくめて言った。「自業自得じゃないの」

「並みの牝犬じゃなかったな」と、もう一人がつけ加えた。

そのとき、フェドール・シエルヴィッチは、引き止めようとする人々を押し切って、前に飛び出した。彼は亡骸《なきがら》の傍にくずおれ、胸を引き裂くような、甲高い声で叫んだ。

「これはわたしの娘なんだ……わたしの娘で……」

彼は、ずっしりと重く、生気を失い、固くなった、材木のように雪まみれになった娘の体を、両腕で抱き起こした。シャツが指に引っ張られて、厚紙のように引き裂けた。彼は血走った絶望の目で、今さら無益な助力や、励ましを求めて、周囲を見まわした。だが、目に映ったのは、閉ざされた、冷淡な顔ばかりだった。

突然、この敵意と蔑《さげす》みの目で見ている人だかりの中から、猛烈な爆笑が起こり、だんだんそれが大きくなっていって、あげくは罵声が飛び始めた。そして、いきなり雪つぶてが投げつけられ、そのつぶても次第に大きく、固くなり、勢いも強くなって、彼の顔や、頸や肩を打った。つぶては四方八方から飛んできた。みんなが狙いうちしているのは、彼だったのだろうか、それとも死んだ娘だったのだろうか、それともまた、この哀れなひと組の親子だったのだろうか？

それは悲劇的でむなしい、醜悪で悲痛な光景だった。彼は両腕で自分の顔を覆った。そして、到るところから雪つぶての一斉射撃が始まり娘の髪が乱れ散るのを見ると、彼はまるで恋人のように半狂乱になって娘の体の上に覆いかぶさり、怒りと、憎悪と、憐愍《れんびん》で震える自分の体を、今後もう汚《けが》れることのないこの肉体の盾にするのだった。

売り別荘

わたしは賢者の庇護のもとに生きてきた。彼らの知恵は嘘をつくことだった。
ハンス＝ハインツ・エヴァース

それは、背が高く、横幅の狭い、旧式な、奇妙な白亜の建物だった。到るところに、唐草模様をまんべんなく配した一九〇〇年代様式の丸みを持った部分や、巧妙に計算された骨組みや、まったく予想外の場所についた小さな狭い窓が見られ、建物の上は、スレート瓦の屋根が覆い、その上にはモスクともターバンとも言えそうな、丸い玉を頂いていた。

過ぎ去った時代の生き残りたちが、売ろうにも売れない家屋をなんとか維持していっている、そんな廃《すた》れた湯治場の町でしかもうお目にかかれそうにない、なにかあっけにとられるような、珍妙な建物だった。

複雑な模様の鉄柵に、〈売り別荘〉と丁寧に書いた張り札がしてあった。

庭は、荒れほうだいにされてはいなかった。庭の造りもよくできていて、無駄な贅沢はしていなかったが、極めてきちんと維持されていた。

犬の姿は見かけなかったので、わたしは思いきって門を押して中に入った。来訪に気がつくように、できるだけ足音をさせながら、明らかに人の住んでいる気配がする住居の方へ、ゆっくり歩いて行った。

近くに寄って正面をとっくり眺めていると、三階の窓のカーテンが、それから下の階のカーテンが動いたような気がした。窓はいずれも非常に不規則な配置でついていて、部屋の窓なのか、踊り場に面する窓なのか、誰も判断がつかなかったろう。

年配の、痩せた男が飛び跳ねるようにしながら、不意に現われた。彼は今、別荘の周りを一回りしてきたところで、わたしを見て、びっくりしたように立ち止まった。

「こんにちは」

「こんにちは」

男は笑みを浮かべながら、わたしに用件を言うように促した。彼は、中背で、窮屈そうだが、清潔な黒い服を着ていた。すぐに気づいたが、驚いたことに彼は縁の折れた、かちかちに糊《のり》づけしたハイ・カラーをし、グリーンのタイには、結び目模様の金の珍しいピンをさし、どこから吊るした細い鎖が、そのピンを通って、チョッキの秘密の奥深くにその先を落としていた。

「家のことで伺《うかが》ったんですが」と、わたしは言った。「ざっとでいいんですが、拝見させていただけますか？」

ぱっと喜悦の色が男の目に浮かんだ。彼は急いで大げさなお辞儀をすると、非常に慇懃《いんぎん》に答えた。

「もちろんですとも。すぐにご案内いたしましょう。どうぞこちらへ」

風変わりな人物だった。年齢は六十五から七十五の間だったろう。話しながら唾を飛ばすが、いつも口に唾液がたまっているらしかった。

「わたくしがイール・ド・フランス（十七世紀以来フランス国王が居住した地でパリを首都とする広域行政地域、政治経済の中心部）の人間だと申し上げると、おそらく驚かれるでしょうな。わたくしは、引退して年金生活をしているもと上級官吏でして」

彼の言葉遣いは非常にきれいで、アクセントも古くさいが上品だった。

「わたくしの兄はフランス軍の将官でしたが」と、彼は言葉を続けた。「最近、停年がきて引退しました。客間で写真をご覧いただけるでしょう。わたくしたちは瓜二つだと言われますよ」

彼は小さな甲高い声で笑い、不意に、玄関の石段の前で立ち止まった。

「ここから入りましょうか」

彼はお辞儀をし、わたしも同様にしてから、かなり急な階段を何段か昇った。

「ねえ、あなた、わたくしはもう若くはありません。十年前、年金をもらうようになったときにここに住みついたのです。素晴らしい土地ですよ！　またとない場所です！　ここにお住みになればおわかりになりますが、秋には、この目の前の斜面が、様々な黄金色を見せます……」

「あそこの、垣根沿いに通っているのは、電車ですか？」

「ええそうですとも。お気づきのとおりです。ですが、大したもんじゃありません。わたくしはフランス鉄道局の課長だったのですがね。わたくしが電車を、仕事上たくさん見てきたことはおわかりでしょう。これなんかまったく取るに足りないものですとも。田舎の、つまらない小さな電車で、玩具《おもちゃ》の電車、イミテーション、シンボルにすぎません」彼は微笑を浮かべ、溢れてくる唾を飲み込み、おどけたように人差し指を鼻の先にあてがった。

「かわいそうに家内は」と、突然暗い顔になって続けた。「この丘がとても気に入っていました。ああ、実にいい家内でしたよ！　不幸なことに亡くなりました、もう五年前になりますが。家内はこの別荘を見てとてもいいと思いましてね……事実またそのとおりなのですよ。局から上級官吏に支給される無料切符のおかげで、フランスと近隣諸国をくまなく歩き回ってきたわたくしですが、そんなわけで、ここを選んで引退する決心をしたのです」

彼は溜息をつき、まばらな髪を撫で、廊下の陶製の床を手振りで示してとっくり眺めさせてから、台所へ案内した。

これは、古くさい趣味の家具が並んだ、清潔で冷え冷えとした部屋で、上部に明るい色ガラスのはまった大きなガラス窓から、強い日差しが入り込んでいた。

「家内がいた頃は、もちろん、ここではなにもかも、もっとはなやかでした。花もあり、活気もあり、女がいることで得られるあらゆる喜びがありました。ああ！　今ではすっかりがらんとしてしまって、それにわたくしには大きすぎるのですよ！」

彼は立ったまま前に屈《かが》んで、指で床に触《さわ》り、顔を真っ赤にして起きなおった。

「ごらんのように、全部リノリウムです。手入れがとても楽ですよ。ああ、そら、あれがわたくしの兄です」

彼は白い大理石の暖炉の方へ走っていって、額入りの写真を取ってくると、むりやりわたしの手に持たせた。

「立派な将校ですよ」と、彼は見惚《みほ》れながら言った。「騎兵隊だったんです！　いやいや、兄は根っからの騎兵で、たとえ帝国をくれると言われても、馬の鞭《むち》を手放すようなことはなかったでしょうな」

彼はわたしの腕を取って、秘密を打ち明けるような口調で続けた。

「まったく一本の鞭がなかったために、フランスはそれを一つ失ったのですからな」

「それとは？」

「帝国ですよ」

彼は、再び小さく甲高い声で笑い、肖像写真をきっちりもとの位置に置いて言った。

「いささか危険思想の持ち主でしょう？　わたくしはずいぶん旅をしました。或る種の懐疑主義は、世界との接触から生まれるのです。家内が亡くなって以来、このわたくしの特異な性格が明確になったと申し上げなくてはなりません」

彼は、飛び跳ねるようにしながら戸口のところまで行き、戸を開け、わたしを庭に面したテラスへ案内した。

「どうです、素晴らしい眺めでしょう？　芝生を刈らなければいけませんな。明日、せいを出してやりましょう。空き家同然でも、ちゃんと人が生活しているかのように庭の管理をしておく、これが、わたくしのサービスの気持ちなのですよ」

このとき、一台の列車がやかましい音をたてて駅に入ってくると、速度をゆるめて止まった。駅はほんの目と鼻の先にあった。窓から、乗客たちがわたしたちをじろじろともの珍しそうに見ていた。長い棒があれば、ここから彼らの顔をひっぱたくことだってできたろう。

「電車はたくさん通るんですか？」

「いやいや、二、三本ですよ」

「年に？」

「いや、一日にですよ」

彼は頭のいかれた女の子のように笑い、むせそうになり、排水管のような音をたてて唾を飲み込み、あまった唾をすでにじっとり濡れたハンカチで拭《ぬぐ》った。そして、わたしを威《おど》すように指を立てた。

「あなたは皮肉屋ですな。冗談がお好きだ。いや、そうですとも、わかりますよ。わたくしも不幸に見舞われるまでは、冗談を言うのが好きでしたよ」こう言うと、彼はまた突然暗い顔になった。「しかし、この大きな家で一人暮らしをするようになってからは……」

わたしたちは、談笑しながら、階段の下まできていた。

「今はもう、洒落を考えている余裕がなくなりました……。踏み段がすりへっているのに気がつかれるでしょうが、問題はありません。友人の建築家が最近この家を見にきてくれまして、『階段の状態で、家の傷《いた》み具合がわかる』と――彼はこの点には詳しいのですが――言っていましたが、おわかりになると思いますが、ここの階段はしっかりしています」

わたしたちは階上に上がっていった。この風変わりな男は、相変わらず唾が出るようで、唇を拭い、唾液を飲み込んでいた。彼は、揶揄《やゆ》するような目つきをしながら、同時に気弱に視線を避けようとし、馬鹿丁寧と追従《ついしょう》に近い一種の慇懃さをふりまいていた。まったくこれには、わたしも辟易《へきえき》してきた。それで、やがてわたしはすっかり警戒心と、密《ひそ》かな敵意に囚われてしまった。

わたしたちは階上の部屋を見て回り、その間、勢いはとどまることなく説明が続いた。時代遅れの家なんかでなく、電気掃除機や医学辞典のセールスを任せたら、この男はさぞかし見事な腕前を発揮したにちがいない！　この地域は爆撃を受けていたにもかかわらず、天井に亀裂は入っていなかった。排水管も立派に機能していた。窓はどれも簡単に開き、手荒にいきなり開けても、顔にぶつけて怪我《けが》をする恐れはなかった。床も、壁も、水道式の洗面所も――これは最近のものではなかったが、手入れはいきとどいていた――買い手の満足のいくものだった。

「どうか仕切り壁の厚さにご注目ください。近頃では、もうこんなものはできないでしょう」と、なにか油断のならない人物は言った。「家内は――亡くなった家内は、今わたくしの話を聞いて、天上で笑っているに違いありません――わたくしがこの分厚い仕切り壁に感心するのを見て、いつも茶化していましたが。わたくしは、一貫して堅固な建築を好んできましたし、それに、新築した役所の建物の立会い検査も、数多く手がけてきましてね。そんなわけで、まあかなりの経験を積んでいるんです」

わたしたちはさらに上へ昇っていった。空っぽの部屋がたくさんあった。それでも、非常にきれいに保たれていた。そしてもちろん、上に行くほど、階段の状態は良好だった。

「これは確かですが、階段は一度も塗り替えられておりません。この塗装は今世紀初頭の仕事です。どうでしょう、現在、これほど完璧に大理石やその石目を真似られる者がいるでしょうか？　塗装屋は、当時は、本当の芸術家だったのですな……」

いくつかの屋根裏部屋に通じるほの暗い踊り場に着いたとき、案内者は不意にわたしの前に向きなおり、異様な様子でわたしの顔を覗き込んだ。なにかわたしに言いたいことがあり、わたしがどの程度誠実な人間か探りを入れているらしかった。おそらくこの瞬間はまだ、わたしも彼にいい印象を与えていたらしい。というのも、いかにも率直そうに、わたしの肩に手を置いたからである。だが、このときから途端に、わたしは騙《だま》されているような、さらに悪いことに、脅《おど》されているような不快な感じを抱き始めた。

「これから、わたくしの部屋にお入りいただくことにしましょう」

彼の目はぎらぎら光っていた。この決心によって、彼はいささか危険な興奮に駆り立てられているように見えた。まるで熱にうかされているようだった。彼はポケットから鍵を取り出し、ドアを開けようとしたが、両手がわなわな震え、鍵穴に入れるのに何度もやりなおさなくてはならなかった。やっと開けると、脇にどき、わたしに入るよう合図をした。

わたしはためらった。

「どうぞ、お入りください」と、彼はややじれったそうに言った。（しかし、すぐににこにこしてその強い口調をとりつくろった。）「ここは、わたくしの秘密の隠れ処でしてね。一人暮らしをするようになってからは、ほとんどここに引き籠《こも》っています。閉じ籠りっきりでいますよ」

　わたしは中に入った。そこはかなり大きな部屋で、ピンクのベッド・カヴァーが掛かった、銅の擬宝珠《ぎぼし》の飾りがついたベッドが置いてあった。周りの壁には、家族の写真が額縁に何枚か一緒に入って、いくつもかかっていた。エシャロットと古い雑誌がのったテーブル一卓と、きちんと折り目のついた黒いズボンが掛けてある布巾《ふきん》掛けと、虫の食ったつづれ織りの祈禱台以外に、家具はなかった。窓に向かい合って大きなクロゼットがあったが、その前に、老人が頑として動かぬぞといった決意を見せて、立ちはだかった。

　なぜかよくわからなかったが、即座にわたしは、例えばそのクロゼットを開けようとしてもしその方へ一歩でも近づく様子でも見せれば、老人は両手を広げて、ちょうどバリケードの上で興奮した男が命懸けで叫ぶように、「止まれ！　誰も通さんぞ！」と叫ぶことだろうと思った。

　もちろん、わたしにそれを突破したい気持ちなどつゆほどもなかった。そんなことは考えもしなかった。それどころか、その逆だった。ここから百里も遠くに行きたい気持ちだった。そうでなくとも、せめて表通りに出たかった。清潔すぎて、がらんどうすぎるこの家の外に。

　わたしは好奇心というより、危険な場合にすぐさま逃げだそうというつもりで、周囲を見回した。実際、奇妙な不安が心の中に湧《わ》き起こっていた。両手を広げ、口をきっと結んで黙りこくったこの老人を、このまま見つめ続けているのは耐えられないことだった。鉤《かぎ》のように曲がった彼の爪は、グリューネヴァルト（ドイツの幻想的宗教画家　？―一五二八）の拷問を受けるキリストの磔刑図《たっけいず》を思い起こさせた。そして、なぜかわたしは、頭の中で、この死んだような厳格なまでに清潔な家を、遠方からやってきて一人でひっそり死ぬための、なにか呪われた診療所といったものに結びつけて考えていた。

しかし、老人は再びにこやかな顔に戻った。

「ご覧のように」と、彼は言った。「隠者のような質素な暮らしをしていますよ。下の小さな台所と、ここ、独房に近いようなわたくしの小部屋だけです。贅沢好きじゃないものでしてね。ですから、こんなやたらに大きい建物にとどまって、いったいなにをしたらいいのです？　ここに留まって、いったいなにをしたらいいのでしょう？　どう思います？」

彼は、不気味にじっとわたしを見つめていた。彼はほんとうに質問し、返事を待っているように見えた。わたしの不安はますます大きくなっていった。

「うーん」と、自信なくわたしは言った。「わかりませんね。家族向けのペンションなんかやれると思いますが」

「絶対にやりません」と、彼は大きな声で言い返した（まるで宣誓しているみたいだった）。

「わたくしは自由人です」

「一部を避暑客に貸したらいかがです。この土地なら、難しくないはずですよ」

「とんでもない！」と、彼はそっけなく断ち切るように言った。それから、不意に悲しそうな、悲嘆にくれたような顔になって、言った。「あなたにはおわかりにならないでしょう……」

いったいこの男の望みはなんだろう？　わたしは堪忍袋の緒が切れた。

「映画館にでも、美術館にでも、薪《たきぎ》にでも……そのほかなんにでもすればいいでしょう」

彼はにこりともせず、胸を突き刺すような苦悶の表情を浮かべてわたしをじっと見つめた。実際、この老いた心の中には、たくさんの苦悩が絡《から》み合っているに相違なかった。老人は頭を垂れ、背を丸め、両手を神経質に組み合わせた。彼は涙に濡れた、純朴といっていいような目をわたしに向けた。そしてわたしは、彼が、今まで誰にも話したことのない非常に重大なことをわたしに打ち明けようとしているのがわかった。

このときから、わたしは弱さを見せた彼に対し、自分が強くなったのを感じた。今や、真っ向から彼に対峙《たいじ》することができるのだ。或る考えがふと頭に浮かんだので（こういうことがどうして生じるのか知らないが）、すぐさまそれを口に出してみた。わたしの話し相手が依然体をぴったりもたせ掛けているクロゼットを指差しながら、わたしは出し抜けに訊いたのだ。

「そこですか？」

彼は途端に恐ろしいほど真っ青になり、悪いことをした子供のようにぶるぶる震えだした。

「その扉の中なんでしょう？」

「なんにも」と、彼は呻《うめ》いた。「なんにも入ってはいませんよ」

彼はわたしのところへ来て、袖を引っ張りながら連れ出そうとした。

「行きましょう」と、彼は呟《つぶや》くように言った。「もう全部見ましたから。降りていって、客間か庭でちょっと腰を落ち着けましょう。ゆっくり金額の相談ができますから」

だが、わたしは聞こえないふりをし、その場を動かなかった。

「この扉は踊り場に通じているんですか、それとも屋根裏部屋に通じているんですか?」と、わたしはしつこく続けた。

「どこにも通じていませんよ」と、彼は口ごもりながら言った。「ただのクロゼットですから。さあ、いらっしゃい」

わたしが頑としてゆずろうとしないのを見て、彼もむきになった。さっともとの場所に戻ると、わたしの前をさえぎったが、その憎悪に満ちた目に、てこでも動かぬ固い決意が読み取れた。

悪魔がわたしを駆り立てていた。ときどき、開こうとしても開かない家具を殴りつけたり、大して重要でもない書き損じをし、癪《しゃく》にさわってレターペーパーをくしゃくしゃにまるめるといったときと同じ、あの悪魔である。わたしは老人の腕を摑まえ——その腕はひどく痩せていたが——、彼をベッドの方へ押していって、押し倒すように座らせた。彼が立ち上がる間も、抗議する間すらもあたえず、わたしはぱっと扉を開けていた。

どさっと古い服が落ちてきた。そこに山積みされていた、房縁のついたショールや、毛の抜けた毛皮や、埃《ほこり》だらけの絹布の掛かった古くさい帽子などが、わたしの足もとにいっしょになって崩れ落ちてきた。コウノトリの頭部がついた(長い嘴《くちばし》までついていた)、ばかに大きな黒いレースの日傘までが、まるで死んだ動物のように落ちてきた。

「ああ!……なにをするんですか?」と、老人は泣き声に近い甲高い声で、呻くように言った。

わたし自身もなにをしているのかわからなかった。無礼千万な侵害行為に夢中になり、すっかり節度を失っていた。衣装棚に掛かった何枚ものドレスの間にひそむ謎を探ろうと、わざわざ手を突っ込んだ。

背後でベッドのきしむ音が聞こえたので、連れの老人を見張るために振り向いた。だが、遅かった！　この怪しげな人物は驚くほどの敏捷さで部屋を出、追うわたしの鼻先でドアを閉めた。鍵が回った。わたしは虜《とりこ》になっていた。

わたしは結局、ろくな手も打てず、汗まみれになって、はあはあ息を切らしていた。この部屋に閉じ込められているという感じはたまらないほど不愉快だったが、しかし、ここに一人でいることは、この家の主人を相手にしているよりは、まだしも我慢できる気がした。

ここから出る方法はあとで考えることにした。そこで、もっと詳しいことを知りたいと思い、クロゼットへ戻った。そして、わたしは充分に報《むく》われたのだ！　なにか罠でもあるんじゃないか、なにか変なものに触るんじゃないかとびくびくしながら、服の下にそろそろ手を進めていった。指の先に、ペチコートの輪骨が触れたように感じた……

熱に浮かされたようになって、わたしはそこに掛かっている古着を全部引っ張り外した。そして、思わず恐怖の叫びをあげた。わたしが期待し、もっとも恐れていたそのものを発見したのだった……

両肩を吊るされた人間の骸骨が、いかにも醜悪にゆっくり揺れ動いていた。なんとも言いようのないことに、骸骨は腰に、ぞっとするような、猥褻な感じを与えるピンクの絹のミニ・スカートをはき、足には、胴の長い、黄色いブーツを履いていた。

今こそ、もうわかった！　残虐な秘密を突き止めたのだ。わたしは飛んでいってドアを揺すぶったが、徒労だった。それは、今ではもう作れないような頑丈な錠のついた、良き時代のむくの板のドアだった。どんどん拳《こぶし》で叩き、足で蹴り、肩でぶつかったあと、わたしはぐったりベッドの上に倒れ込み、このかつて愛された女の残骸と顔を突き合わせるはめになった……

奇妙な眺めだったが、それはことさらおおげさにわたしを脅かしはしなかった。むしろそこに秘められた謎の方が、その醜悪さよりも恐ろしかった。やがて徐々に正常な意識が戻ってきた。わたしはじっくり考え始めた。あそこに下がった骸骨が、あんなふうにばらばらにならずに一体になっているのは、それはまぎれもなく、筋肉の代わりに、なにか外側から処置を施して、人工的に骨を繫《つな》ぎ合わせたからだ。ということは、あのいやらしい老人が、自らの手で、もしくは共犯者の手を借りて、不幸な連れ合いの体の骨組みをわざわざ復元させたということだ。

もはやわたしは、知りすぎるほど知っていた！　すべての仮定が可能性あるものとなった。すべての危惧が根拠あるものとなった。わたしは近所の人に通報するために、窓のところへ行った。電車が庭園沿いに停車するところだった。わたしが手を振って合図をすると、乗客たちは友情交換のしるしとばかりに、馬鹿みたいにハンカチを振った。この他愛のない奇妙な格好の家の中で、今ドラマが演じられていることなど、彼らには思いもよらなかったろう！

わたしはドアのところに戻って、前より懸命になってドアを押し開けようとした。そのとき、ドアの下から四つに折った小さな紙切れがゆっくり差し込まれるのを目にした。〈奴〉が言伝《ことづて》をよこしたのだ。それはタイプライターで書かれていたが、何枚も重ねて打って写しを取ったものだった。というのも、判読に骨が折れたからで、それほど文字がうすれていたのだ。内容は次のようなものだった。

貴兄はこれを受け取る五番目の人間（この語だけは手書きだった）である。〈あれ〉は家内ではなく、或る競売で買った研究道具にすぎない。それに、小生は一度も結婚をしていない。加えて、この別荘は売り物ではない。小生は、穴ぐらの独居生活に退屈して、ときどき野次馬相手にちょっとした気晴らしをする、年老いたいたずら者である。貴兄は大変にお怒りのはずだから、十分待ってのち、自由の身にしてさしあげよう。かくすれば、その間に、気分ももとどおり落ち着かれることであろう。小生をお恨みでなければ、葉巻とブルゴーニュ・ワイン（これは極上のもの）を一献《いっこん》差し上げたいと存ずる。

それから数分後、ドアが開けられた。開けてくれたのは、それまで姿を見かけなかった、愛想のない、だらしない格好をした年寄りの女中だった。

「ご主人はどこです?」と、眉をしかめてわたしは言った。

彼女はわたしに背を向けると、悠然と階段を降り始めた。

「ご主人はどこなんです?」わたしは怒り狂って怒鳴った。

彼女はびくりともしなかった。

わたしは力いっぱい声を張り上げ、質問を繰り返した。おかげでこめかみが痛くなったが、女は動じなかった。彼女はどうやら耳がひどく遠いらしかった!

わたしの怒鳴り声を聞いて、家主は、わたしの気持ちがまだ静まっていないと結論したに違いない。ついに姿を見せなかった。

今後二度と、彼に会うこともないだろう。

わたしはブルゴーニュ・ワインと葉巻を味わい損《そこ》なった。だが、葉巻の方は、たぶん大したものじゃあるまい。

鉄格子の門

……欲望に身を焼き尽くした若者と
純白の屍衣のマントを羽織った蒼白の処女が墓の中から立ち上がる……
ウイリアム・ブレイク

真夜中頃になると、彼女は急にそわそわし、もう帰る時間だと言った。彼女は薄絹の小さなピンクのスカーフを手にしていた。帰る時、風よけのために頭に被《かぶ》るつもりで持ってきていたのだが、今、彼女はそれをくしゃくしゃにして胸に押し当てていた。

彼女は、顔をうつむけて、手を置いている場所を見ていたが、彼には、彼女が白いドレスについた染《し》みを隠そうとしていることがわかった。

クロークのところにはほとんど人がいなかった。宴会は今がたけなわだった。

「なにか困ったことでも？」と、彼は訊いた。

彼女は当惑顔をしながら、微笑んだ。

「ワインなの。わたし、ひどく不器用なものだから。あのボージョレの愛好家の方々のテーブルなんかに座るべきじゃなかったんだわ。飲めもしないのに！」

「さあ、もうそのことは忘れて！」

彼は気にさせないように、彼女が懸命に隠している染みの方を見ないようにした。それでも彼女は、帰るから送ってくれと言い張った。彼が車の暗がりの中で彼女の唇を奪い、愛撫しようとしたとき、彼女は頑《かたくな》な態度は見せなかった。

彼女は町の外の、森のすぐ近くに住んでいた。彼は、彼女の指示する道順どおりに車を走らせた。二人は何度も車を停めては抱き合った。彼はわざと彼女に主導権を取らせ、唇や舌をやさしく嚙まれる感触を楽しんだ。相手は明らかに、それ以上越えないように抑えていた。こうして、途中で休み休み、彼女が次のように告げるまで車を走らせていった。

「ここよ、止めてちょうだい」

別れの時が近づいていた。このために二人の目はいちだんと愛情に潤《うる》み、口の周りは血の気が引いて急に青くなった。

「こんなふうに、このままきみと別れてしまいたくない」と、彼はちょっとかすれた声で言った。「また会いましょう。いったいここはどこなんですか?」

彼女はなにか書く紙をくれと言った。

彼は財布から名刺を二枚取り出すと、一枚を彼女にあたえ、もう一枚に書いてくれるように言った。差し出された万年筆を受け取って、彼女は名前のイニシャルと住所を書いた。彼はその名刺をポケットにしまう前に、彼女から聞いていたアンヌ・シギュールという名前を忘れないように書き添えた。

彼女はすばやく車から降り、彼もそれにならった。もう一度、前に劣らぬ激しさで二人の体は互いを求め合い、それから、彼女がささやくように言った。

「またね。連絡するわ。かならず!」

「きみが元気でいるとわかるだけでも、うれしいから」と、彼は言った。

腕を高く上げて小さなハンカチを振りながら、彼女は走ってその場を去った。空は暗かったが、しかし地面や、木々から、心和らぐ甘美な、至福の薫りが立ちのぼっていた。

走っていく彼女の白いドレスが、かなり長い間、闇の中に揺れ動くのが見えた。今彼女は、二棟の四角い番小屋にはさまれた鉄格子の門を押し開けていた。門がぎぃーっと金属音を響かせ、再び閉まった。若い娘はすでに庭の闇の中に姿を消していた。彼は、悲しいのか幸せなのか自分でもわからないまま、しばらくそこにとどまっていた。しかし、やがて彼は、幸福感で胸がいっぱいになるのを感じた。


郊外のこの森の辺《あた》りにある道は、どれもこれも同じような外観を呈していた。生い茂った背の高い生け垣、樹木を植えた大庭園や庭、表通りの物見高い連中や騒音を避けて緑の中に身をひそめるように建つ邸宅。彼は、メレーズ通りと三十八番地の屋敷を見つけるのに、何度も地図を見なければならなかった。屋敷の敷地は表の車道には面しておらず、奥に引っ込んだところにあり、そこへの通路は、車が入る、さいころの五の目型に小さな敷石を敷いた道だけで、おまけに表札が木蔦《きづた》に覆われて見えなくなっていることもあって、ひどくわかりにくかったのだ。やっと表札を見つけたが、番地の下にただ〈シギュール〉とあるだけだった。

彼はほっとした。目的の家に辿《たど》り着いたのだ。だが彼には、ここが、ひと月前に彼の名付けている〈一夜のフィアンセ〉を降ろした場所だという確信が持てなかった。しかし、あの時は闇夜だったし、木々も、やっと芽ぶいたばかりだった。今は草木が葉を開いて、あたりの様相が一変していた。彼は敷石の小道に入っていき、じきに白くペンキを塗った透かし模様の鉄格子の前に出た。

呼び鈴のボタンを押したが、なんの応答もなかった。よく見ると、呼び鈴の電線が腐っているのがわかったので、鉄の開き戸を力いっぱい押してみた。鋳物《いもの》のキャスターが平らなレールの上を滑《すべ》って四十五度に開くはずだった。だが、伸びほうだいになった雑草にはばまれ、戸はじきにつかえて動かなくなった。それで、細めに開いた隙間から滑り込まなくてはならなかった。彼は荒れて庭の面影もなくなったところを通り抜け、邸宅の前に出た。

木の葉を揺するかすかな風の音と、姿の見えない鳥の高らかなさえずり以外に、なんの物音も聞こえなかった。

彼はベルを鳴らした。そして待った。彼はすでに、ここには人が住んでいない気がしだし、いったいどういうことなんだろうと思った。しかし、ドアが開いた。顔を出したのは、透き通るように薄いブルーの目をし、念入りに髭を剃った、頰のこけた用心深そうな老人で、そのほとんど皺のないぴんと張った皮膚は、顔面の骨に張りついて、象牙のような色艶をし、すぐにひびわれしそうに見えた。

彼は意外な来訪に驚くと同時に迷惑そうな顔をし、そして明らかに警戒しているようだったが、しかし訪問客を、礼儀上、丁重にあしらうのが自ずと習性になっているらしかった。

「お邪魔して申し訳ありません」と、青年は言った。「シギュール嬢とちょっとお話しできればと思いまして」

とたんに老人の態度が硬化した。

「姪にいったいどんなご用があるというんですか……」と、彼は言った。

説明を聞いてもらう前に追い返されるのではないかと、訪ねてきた青年は急いで言葉を継《つ》いだ。

「どうか聞いてください、ぶしつけな振舞いとは思いますが、どうぞ。わたしにとって、とても重要なことなんです」

その声の調子に、強い不安と、また子供のような哀願するような響きがあったために、老人は目を半ば閉じ、悲しいのか、揶揄《やゆ》しているのか口をすぼめて、彼の話に耳を傾けた。

「ちょうどひと月前ですが、素晴らしい若い女性とパーティの夜、一緒に過ごしたのです。姪ごさんのはずです。アンヌというのがその方の名前です。アンヌ・シギュールさんという。わたしたちは会った日の一週間後に、また会うことにしていました。ところが、これまで待っても、なんの連絡もいただけません。あの方に会って、お話しすることができるでしょうか？あの方はここにおいででしょう？」

年老いて弱々しく痩せ細った小柄な老人は、相手の心の奥を探ろうとでもいうように、青年の顔をじっと見つめていた。

「あなたのお話を聞いて、わたしはつらい気持ちになると同時に耳を疑っています。あなたたちの悪い人間だとも、悪い冗談を言う人間だとも思いません。ですが、あなたがご存じだと思っていらっしゃる姪のアンヌは、数年前からもうこの世の人間ではありません。あなたがここにいらっしゃったことで、恐ろしい思い出が、またまざまざと甦《よみがえ》ってきましたよ」

青年は青い顔になっていた。彼は、どうにも信じられずもう一度訊きなおし、理解することもそれ以上口をきくこともできず、打ちのめされたようになっていた。彼はもう、この荒れた庭と、がらんとした家と、死の使者たる老人の醸《かも》し出す異様な雰囲気から逃げだそうと、踵《きびす》を返して帰りかけようとした。

ところが、老人がそうした彼をかわいそうに思い、客間に入ってしばらく休んでいくようにすすめた。古めかしい客間は、分厚い壁紙がくすんだ金色の淡い光をとどめていた。老人は、いまだに戸惑っている訪問客に椅子をすすめ、傍にきて小さな低い椅子に腰を下ろしたが、そうやって座るといっそう体が縮こまって見えた。

青年は落ち着いた、しっかりした声で話しだした。

「わたしはイルヴァン・オルマンといいます。高等社会経済学院の助手をしています。今からちょうどひと月前の今日、法学部のダンス・パーティで姪ごさんにお会いしたんです」

それから若い娘の姿かたちを説明したが、彼女のほっそりした顔、青い目、黒髪、白いドレスなどを、非常に正確に生き生きと描き出してみせたため、老人も、まるで心の奥底の秘密を覗き込もうとするかのように、しだいに相手に注意を向けてきたのだった。

「姪には初めてお会いになったのですか？」

そして、間違いなくそうだと聞いて、彼はつけ加えた。

「家族の写真を何枚かお見せしましょう。沢山の中に、あのかわいそうなアンヌの写っているのが二枚あります。それがおわかりになれば、あなたを信じましょう。今行って取ってきます」

家の主人が席をはずしている短い間に、イルヴァン・オルマンは周囲を見回し、消え去った恋人を、古めかしいこの生活環境の中へ置いてみようとした。家具や置物は、彼が判断できるかぎりではなかなかの値打ちもので、友人の骨董屋を喜ばせそうなものばかりだった。だが、これらのどれもが、あの楽しい、自由な娘の立居振舞いにあまりそぐわないように思えた。

「これです！」と、年老いたシギュールは、黄色の大きな包みを持って戻ってくると、小さなテーブルの上に置いて言った。「ごゆっくりご覧ください」

そして、光を入れて明るくするためにカーテンを開けに行った。彼のジェスチュアはなんとなく曖昧《あいまい》で、バルテュス（フランスの画家 一九〇八―二〇〇一）の絵の奇妙な人物にそっくりだった。その絵の題名を青年は忘れたが、妙に胸騒ぎを覚えた絵だった。青年は、このちらっと見えた態度から、老人に対して魅力と反感の入り混じった複雑な感情を抱いた。

「いかがですか？」と、伯父のシギュールは作り笑いをしながら訊ねた。

イルヴァン・オルマンは写真をめくって、言われた二枚の写真を難なく見つけ出した。アンヌはそこに、彼が知り合ったときそのままに、楽しそうな目をし、ややふっくらとした唇を見せ、活発であると同時に真面目そうな顔つきで写っていた。もう一枚のもっと古い写真があったが、まだほんの子供の頃の彼女が写っており、奇妙に、アムステルダムのユダヤの少女、アンネ・フランクに似ていた。

「偶然だ」と、老人は疑いが解けず、ぶつぶつ言った。「それに、そんなことはありえない！」

しかし彼は、そうは言いながら、内心では動揺していた。

「でも、二枚の写真を見つけられたら、わたしのことを信じるとおっしゃいましたよ。おまけにわたしは、あなたが考えていなかったもう一枚の写真も見つけ出したんですから」

「あなたを信じたところで、なんの役に立つというんです？」

イルヴァンはそのとき、彼女が別れ際に彼の手に滑り込ませた名刺のことを思い出した。彼女はそこに名前のイニシャルと住所を書いてくれた。彼女の住居を見つけ出すことができたのは、この名刺のおかげだった。彼は財布から名刺を取り出し、疑心暗鬼でいる彼女の伯父に、無言のまま差し出した。

老人は筆跡を確認して青くなった。明白な事実に屈しないわけにはいかなかった。彼は目をこすり、頭をさすり、なんども深く息をついた。

「こんなことは信じられない、理解できない……おかげですっかり混乱してしまった。あなたなんかに会わなければよかった、あなたなんか知らなければ。あなたのせいで――〈あなたのせいで〉と言っていいでしょう――、わたしは今もう、悲しい現実が疑わしく思えてきましたし、きっとひどく馬鹿げているに違いないような仮定を限りなく立て始めましたよ。わたしはね、あなた、姪の死の悲しみと、一人きりの生活にすっかり慣れていたんです。そこへあなたがやってきて、現実そのものを疑わせようとする。わたしはもうすっかり、あらゆる道理に逆らって、なにか常軌を逸したことを信じる気持ちになってきたし、なにかわからない奇跡を期待する気持ちにさえなってきましたよ……」

長い間話し合ったのち、イルヴァン・オルマンは年老いたシギュールをうまく説得して、このことを司法当局に話させることにした。

さまざまな人の協力と、アンヌ・シギュール殺害を仄《ほのめ》かす匿名の手紙が届いたという口実とで、やっと墓の掘り返し許可がおりた。

老人と青年は、同じ熱意と、同じ苦しみと、真実を発見しようという同じ意志で一つに結ばれ、王室検事の招請によって、決められた日に、W……墓地の門前へ出向いて行った。

約束の場所に着いたとき、イルヴァン・オルマンは、二度と忘れることのできないショックを受けた。この場所には間違いなく一度も来たことがなかったし、ここで誰かの葬儀に列席したこともなかったのだが、ここに着いた途端に、彼は鉄格子の門と、それを挟むようにして建っている二棟の番小屋に見覚えがあるのがわかった。スレート瓦を葺《ふ》いた、茶色い煉瓦造りの、小さな正方形の建物。右の建物に一つだけある窓は壊れていて、一時しのぎに、板を打ちつけて閉ざしてあった。数週間前のダンス・パーティの夜、あの若い娘を送ってきた場所はここだった。そして今にして、先日、メレーズ通りのシギュール邸の入口に立った時に、ひどく違和感を感じた理由がわかった。

彼は老人をわきへ引っ張っていき、彼が確認したことを手短に告げた。老人の羊皮紙のような顔色がさっと紫色に変わり、気分が悪くなったのではないかと思ったほどだった。その態度には、不信感よりは激しい動揺が表われていたが、その彼が今、なにか言いかけようとした。しかしすでに、墓仕事に立ち会う人たちの小さなグループは、道を横切るようにして二本の木の〈ころ〉の上に置かれた板石を迂回《うかい》しながら、墓の方に向かっていた。墓の辺には、腐植土と刈った草の匂いがたちこめていた。掘り返されたばかりの、黄色い、粘土質の土の山の横に、棺が驚くほどきれいな状態で置かれていた。新棺同様で、おまけに銅の把手も全然変質していなかった。

この仕事を任された大工が手際よく蓋を取り外すと、作業を見守っていたグループから、一斉に驚愕の叫び声があがった。死んだ若い娘が、胸の辺りに赤い染みのついた白いロング・ドレスをまとって、少しも変質せずに死んだときのままの姿で横たわっていたのだ。太古の時代から甦った恐怖が、黙りこくって見守るすべての人たちに重くのしかかった。超自然的な現実を否応なく認めざるをえず、誰もが不安と困惑に捉えられた。検事の訊ねる声が、子供っぽい奇妙な響きをたてた。

「埋葬はどれくらい前に行なったんですか?」

「五年前です」と、誰かが咳払いをして言った。

「いったい、どんな魔法で死体が腐敗しなかったんだろう? ドクター、どうお考えです?」

法医学の医者は見るも気の毒なほど当惑しきって、棺のそばに膝をついた。

「身体組織に血液が循環しているらしい」と、彼は言った。

この瞬間、鍬《くわ》を拾い上げた年老いたシギュールは、その刃先を姪の喉に当てがった。彼がなにをしているのかみんなが理解する間もなく、彼は、不意に湧《わ》き出た力をふりしぼって鍬を押しつけ、重たいギロチンの刃さながらに、死骸の首をすっぱり断ち切った。真っ赤な血がどっと溢れ出、切断された体をたっぷり浸した。

興奮はその極に達し、助けを求める声に入り混じって、恐怖の叫びが上がった。みんなは一斉に恐怖に駆られ、老人から手荒に鍬を奪いとった。老人は自分のした行為にさも満足したように、昂然とした態度を見せていた。と、ほとんどその途端、気が弛《ゆる》んだ彼は、子供っぽい、絶望的な表情を顔に浮かべて泣きだした。

「このほうがいいんだ」と、彼は呟《つぶや》くように言ったが、涙がこけた頬を伝って流れ落ちていた。

「そのうちわかるでしょうが、このほうがずっといいんです。この可哀相な子も、やっと休息を見出すでしょう。すでにこの子の母親も、かつて……」

しかしみんなはもう、彼がお祈りのように口の中でぶつぶつ呟く、脈絡のない言葉の意味を理解することができなかった。

イルヴァン・オルマンは、悲しみと恐怖とで化石したように立ちすくんでいた。

そうしてみると、彼のかわいい一夜のパートナーは……彼はもう一度彼女の手に触《さわ》ってみたいと思ったが、その勇気がでなかった。彼は彼女のことを食い入るように見つめ、それが急速に変質していくのを認めた。アンヌ・シギュールは見る見るうちに腐食していった。すでにそれはもう、黒っぽいぐちゃぐちゃの塊りでしかなく、そして、そうなったかと思うとたちまち土色の残骸と化した……。誰かが彼のうしろで、おずおずと言うのが聞こえた。

「あんた、吸血鬼を信じますか？」

他の声が、断固とした口調で言った。

「彼らを遠ざけるいちばんの方法は、さらに焼いて、灰を散らばしてしまうことですよ」

もうここになんの用があるだろう？　彼はそっと抜け出した。まるで長い時間、拳《こぶし》で殴られ続けたみたいに打ちのめされていた。彼は、この世とあの世における、美しいアンヌの不思議な運命のこと、二人をめぐり合わせた偶然のこと、老シギュールとあのひどく乱暴な、思いきった振舞いのことを考えた。シギュールだけが、もっと多くのことを知っているに違いなかった。

彼がそっと抜け出したことに、誰も気づいていなかった。彼は遠くから、人々が口角泡を飛ばしてしゃべりながら立ち去っていくのを見た。一人の警部が別の指令を待って、現場に残っていた。今目にしたことが、もう、取るに足りない出来事でしかなくなっていた。

彼は、セクシーだった娘の名残の姿をもう一度この目で見たいという気持ちと、あのぞっとするイメージをできるだけ早く忘れるために、うんと遠いところへ逃げていきたいという気持ちの、両方の気持ちに苛《さいな》まれて、なお長い間うろうろ歩き回っていた。

首が胴体から切り離され、血がほとばしったときに、彼は一羽の黒い鳥が、彼のいた近くの木の枝に止まるのを目にしていたが、その鳥が今、枝から枝へ飛び移ったり、あちこち飛び回ったりしながら、墓地の小道を横切って彼のあとについてきていた。

彼が走りだすと、鳥はあとを追って飛んできた。彼が鉄格子の門、もう決して忘れることのできない例の鉄格子の門を通り抜けて車に乗り込むと、途方にくれた黒い鳥が、止まり場所を探して、忙《せわ》しく輪を描きながら飛ぶのが見えた。しかし、車がスタートすると、鳥が空中高く飛翔しながら追ってくる姿が、バックミラーに映って見えた……

バビロン博士の来訪

素姓の知れない人間の数はごくわずかだ。
E・W・エッシュマン

それは鐘の響くような音なのだ。というか、むしろ鉄床《かなとこ》を叩くような。本当のところ、なんの音かはっきりとは言いあてられない。ともかく、金属が鉄片にあたってたてる音だ。断言してもいいが、誰だって聞けば、明らかに鉄の音だと言うにちがいない。その音は遠く、かぼそく、ほとんど水晶のように澄みきって聞こえてくる。それから、同じテンポで繰り返し鳴りつづけながら、しだいに大きくなり、近づいてきて、すぐ間近にせまり、手で触《さわ》れそうなほどはっきりしたものになり、ついには家中の隅々にまで広がるのだ。

最初、わたしは両手で耳をふさいだ。そして思った、(やっぱりそうだ)。すると、ほとんどその途端に静寂にかえるのだ。

「この家には幽霊が出る!」と、はっきり口に出して言う勇気はなかった。そんなことを言うのはあまりに馬鹿げていたろう。というよりむしろ、〈幽霊が出る〉という言葉にはなにか子供っぽい、それに古めかしい響きがあって、自分でも当惑を感じていたのだ。

そうはいっても、わたしには他に説明がつかなかった。家に幽霊が出るのは、明白な事実と認めざるをえないと思っていた。それに、そもそもわたしが疑惑を抱くようになったのは、友人のテルプーゴフがもとなのだ。彼はその夜、わたしの家に泊まった。明け方、彼は朝食もとらず、わたしが起きるのも待たず、そそくさと逃げるように帰っていった。あとになって彼は、わたしの家になにか超自然的な不可思議な存在がいることに気づいたと、わたしに打ち明けた。彼はそれから必死になって逃れなければならなかったということだが、それはわたしを脅かすことはないかもしれないが、彼は疑いもなくそれに脅かされたというのだ。

そのとき以来、わたしはちょいちょい、暗闇の中で夜の物音に耳を澄ますようになった。最初に気づいた奇妙な音は、壁の中で打っているチクタクという音と、どこかの掛時計が打つかすかな時鐘の音だった。

最初、（夜が静まり返っているので、隣の家の掛時計の音が聞こえるんだ）と思った。だが、それはありえなかった。音のする側には隣家はなかった。空き地があるだけなのだ。

もちろん、わたしはこのことばかり考えているわけではなく、ときには何週間も気にしないで過ぎることもある。

ところが或る夜のこと、耳を澄ますと、聞こえてきたのは掛時計の音ではなかった。それとはまったくちがって、配管の中を流れる水の音が聞こえたのだ。これも不可解な音だった。

今は、数日前から、まったく別の場所から、表通りからのようだが、鉄片を打つ金属音が非常に遠くからやってきてわたしの耳もとに聞こえてくるのだ。音は最初は不明瞭だが、発生場所は大通りの方だ。ときには、市電の線路工事をしているのかとさえ思ったこともあった。窓から覗いてみて、まるきりそうじゃないことがわかった。

だがわたしは、理屈のとおる説明の追求に、すぐにくたびれてしまった。ただ明白な事実として認めざるをえなかった。そこにはなにかオカルト的な力が介在していたのだ。躊躇なくそう認めると、わたしも気がやすまった。

　わたしの言うことを理解してくれる人間も、かなりいてくれるだろう。


　しかし、間もなく別のことが起こった。或る夜、わたしは不安な気持ちに襲われて突然目が覚めた。それで、そのまましばらくベッドの上に座り、息を切らしながら、心臓の鼓動に耳を澄ました。すると、上の階の、たぶん屋根裏部屋からと思われるが、誰かが降りてくるのが聞こえた。その者はわたしの部屋のドアの前で一瞬立ち止まり、躊躇し、ドアにそっと手までかけたようだった。

　わたしは一人暮らしだった。いったい誰が、こんなふうに我が家の中を歩き回っているのだろう？　白状するが、わたしは跳び出していってドアを開け、「そこにいるのは誰なんだ？」と、大声を出して叫ぶ勇気がなかった。恥ずかしいことに、なにか言語に絶するものに出くわすのが恐ろしくて、身動きできないでいた。わたしは、はあはあ言い、汗びっしょりになりながら、じっとしていた。唇はふるえ、冷えきった脚からは生気がなくなり、心臓は、なにか心の裡の哀願するような気持ちを訴えていた……

　さいわい、その者は遠ざかっていった。階段を降りる足音がしだいに小さくなっていくのが聞こえた。玄関の扉のきしむ音がした。扉が内に開いて、誰かが外に出た。それから、扉は引かれ、聞き慣れた、家中をふるわすやかましい音をたてて、すぐに閉ざされた。

今度はもう、落ち着きを取り戻していた。わたしはベッドから跳び出し、階段を駆け降り、じきに階下に辿《たど》り着いて、はだしのままタイル張りの廊下に出た。

一階の、人や車が通り、助けを呼ぶことも、逃げだすこともできる安全な場所の近くに降りてきたことで、勇気が戻っていた……。がらんとした家の持つ謎めいた薄気味悪さは、誰もが知るところだろう。

わたしは扉のところへとんでいった。扉は中側から念入りに錠が掛けられている。考えられないことだとはわかっても、わたしはあきらめなかった。扉を開け、敷居のところに立って外を見た……

二十メートルほど先に、怪しげな姿の通行人が一人、人気の絶えた通りをゆっくりと遠ざかっていく。

「ちょっと！……そこの人！……」

男は振り返って、誰が自分を呼んでいるのか見回し、暗い家の正面にぽっかり穴を開けたような光の中に立って合図しているわたしの姿を見つけた。

「あなた、すみませんが！」

彼はこっちの方へ戻ってきた。急いでわたしは、洋服掛けに掛かったコートを取り、パジャマの上から着た。

「すみません」と、疑わしげな様子で近づいてくる見知らぬ男に、わたしは言った。「ちょっとお訊きしたいことがあるんです」

それは小柄の、血色のいい男だった。顎の下まで衿の詰まった、ほとんど軍服に近い地味な仕立てのコートを着ていた。帽子をあみだにかぶり、理知的な額をのぞかせていた。六十がらみの男だった。

「わたしを妙な男と思うかもしれませんが」と、わたしは言った。「今ここから出ていかれたのはあなたでしたか？」

男は呆気に取られてわたしを見つめた。彼はグレーの、驚くほど活気に溢れた生き生きした目をしていた。彼は話の異常な気配を悟って、ことさら慇懃《いんぎん》に応対しようとした。きっと、わたしを気違いか夢遊病者と思ったのだろう。こういうことについて、わたしより精通しているらしかった。

「いいえ」と、彼は辛抱強そうな穏やかな声で答えた。「いえ、わたしはお宅から出てきたのではありません」

わたしは彼の目に嘘を見出すのが恐くて、下を向くと、彼の足が目に入った。小さな黒いボタンの掛かった、胴が羅紗《らしゃ》の、風変わりなハーフブーツを履いていた！……

彼はつけ加えた。

「それに、お宅に、わたしがいったいなんの用事があったというんです？」

そのとおりだった。この髭をたくわえていない、品のいい男の顔をまじまじと見つめているうちに、わたしは自分に疑いを抱き始めた。

「それで」と、そこでわたしはかなりためらいながら――なにしろ返事は明白だったから――訊いた。

「ほんの今しがた、誰かがこの家から出ていくのを見かけませんでしたか?」

彼はまたもや驚いた、しかし同情の籠《こも》った目つきをした。

「ご安心なさい。あなたが戸口のところに出ていらっしゃるだいぶ前から、ここをぶらぶら歩いていましたが、あなたが出てくる前には、誰一人見かけませんでしたよ。請け合ってもいいです。きっとあなたは夢でもご覧になったのでしょう!」

「夢ですって?」

わたしは彼の背後の暗い通りに目を凝らした。長方形の光の帯が地面の上を遠くまで伸び、われわれ二人の細長い影がそこに黒い穴を開けていた。季節のわりには寒くなかった。かなり明るい空に、厚い雲がゆっくりと動いていた。違う、夢を見たんじゃない! 階段を踏む足音や、ドアの閉まるばたんという音、まだ耳に残っている……。わたしははだけた胸の上にコートの衿をかき合わせた。そして、無意識に、冷えきった両足を擦り合わせた。

「おや、たいへんだ」と、見知らぬ男は言った。「風邪を引いちゃいますよ。さあ、行って床にお入んなさい。では、おやすみなさい! もう失礼しますよ」

ああ! この言葉を聞いて、わたしはぞっとするような恐怖に捉えられた。床に入る! 一人きりになる! わたしは、一瞬たりとも一人きりでいることなんかできないと思った。今やそれは耐えられないことだった。この男をこんなふうに帰らせるわけにはいかない。彼にそう言わなくてはならない。

わたしは相手の男の片腕を、まるで救いの手にしがみつくように両手で摑まえた。

「わたしを一人きりにしないでください」と、わたしは哀願するように言った。「わけは言えませんが」

見知らぬ男の親切そうな顔がちょっとこわばった。平静を装っていたが、男のうちに不安が生じだしたのがわかった。わたしが、もちろん恐怖とまではいかないが、それに近い危惧の念を彼のうちに惹き起こしたらしかった。一種の臆病風というか、この場から逃れたい気持ち、しつこくせがむからといって邪険にもできない迷惑男を相手にしたときの煩わしい気持ちを。

「落ち着いてください」と、彼は言った。「あなたはまだ悪い夢を見ているんですよ。冷たい水を一杯飲んで、ベッドでお休みなさい」

しかし、わたしはすでに彼を家の中に引っ張り込んで、扉を閉めていた。ああ、まさしくさっきと同じ音だった。わたしは夢を見ていたのじゃなかった、それは間違いなかった。

「さあ、コートをお脱ぎになって」わたしはいそいそと言った。

見知らぬ男は逆らわなかった。こちらのなすがままになっていた。わたしは彼の手から帽子を受け取った。そして、手を貸して決闘家の着るようなコートを脱がせた。

どうして決闘家なんていう言葉が、突然わたしの頭に思い浮かんだのだろう？ きっと、上等な絹のワイシャツを着たこの客が、スタンダールの小説の主人公のように思えたからだろう。

いま彼は鏡を見ながら、顔に微笑を浮かべ、急いで髪を撫でつけていた。だが、そこに映った顔には、今までと違った表情が表われていた。その顔は、それまでの彼の顔とは似ても似つかなかった。よそよそしい慇懃さが消えて、代わって狡賢《ずるがしこ》そうな様子がそこに見えていた。それはなんとも言いようのない表情で、わたしは急に不安になった。

しかし、こんな感じは束の間のことだった。男はわたしの方に向きなおって、奥へ案内されるのを待っていた。

わたしは、彼がはたして誠実な人間だろうかと、あらためて疑い始めていた。彼はわたしに嘘をついたのではないだろうか？　要するに彼は、わたしが眠りから呼び覚まされて、あとを追い、誰なのかを知ろうとした、あの不思議な訪問者ではないだろうか、その彼をこうして、理性や用心の声にまるきり耳を貸さずに、今しがた出ていったその同じ場所に友人のように迎え入れているのではないだろうか？

今となってはもう、考えなおすのには遅すぎた。すでにわたしたちは、外の世界からすっかり遮断されていた。二人の間にはなにか或る絆が結ばれ、もはやわたしの意志はそれに対してどうする力もなかった。

わたしはしぶしぶ――歓迎というよりあきらめのジェスチュアで――彼に、お先にどうぞと合図をした。

わたしたちは客間に上がって行き、深い肘掛椅子に向き合って腰を下ろした。フロアスタンドが二人のいる一角にほんわりとした光を投げかけ、周りは濃い闇に沈んでいた。二人とも、長い間黙ったままだった。やがて客の方が、身を前に屈《かが》めながら、意を決したように話しだした。

「わたしの名にご興味はないでしょうが」と、彼は言った。「しかし、儀礼上名乗らせていただきませんと。わたしはバビロン博士というものです」

それで、わたしも名前を名乗った。

「ここにお邪魔することになったのは偶然からにすぎませんが」と、彼は続けた。「ただ、わたしは運命の悪戯《いたずら》というものに大いに重きをおいているので、あなたのお招きに応じないわけにはいかなかったんですよ。たしかにわたしたちは、お互いに語り合うことがありそうですな」

じきにわかったが、とくに話したいことがあるのは彼の方だった。列車や飛行機の旅で出会う人たちが、のちに二度と会うことがないことから、私生活の最も内輪な秘密を打ち明けて話すことがあるが、まさにそれと同じで、彼は困ってしまうほどこちらを信じきった態度で、自分のことを語って聞かせた。それによると、彼は結婚をし、妻に裏切られ、不貞を働かれたのだった。胸の中に傷ついた心と誇りを抱き続け、何年たってもその傷口が塞《ふさ》がらないでいるのだった。

彼は口に出してこそ言わなかったが、冷ややかな決意がいまだに彼の身内に巣食い、長い間探しあぐねている者たちを見つけ出そうと、執念を燃やしていることがわかった。

やっと、彼はひどく疲れたと告げ、帰りたいと言った。

わたしは引き止めた。

「上に客用の部屋がありますよ。ベッドも調《ととの》っています。どうか今晩ここに泊まっていっていただけませんか？　もうだいぶ遅くまでお引き止めしちゃいましたから。こんな時間じゃ、どこへもいけないでしょう」

彼がどこに住んでいるかは聞いていなかった。ホテルなのか、どこか近所の友人の家なのか。だが、それは大して重要ではなかった。わたしはバビロン博士を客に迎え入れ、自分は申し分のない主人役に徹するつもりだった。わたしには、このきわめて慇懃な男が、なにか一連の偶然に関係があるような感じがしていた。ここでその連鎖の環が完全に繋《つな》がるにちがいなかった。

客はそれ以上すすめるまでもなく、遠慮なくわたしの誘いを受け入れた。彼は眠くて倒れそうだったのだ。目蓋《まぶた》は厚ぼったく腫《は》れ、目を開けているのもやっとの状態だった。

わたしは彼を最上階の客人用の寝室へ案内した。そこには、不意の客に備えてすべての用意が調っていた。彼がベッドに腰を下ろして欠伸《あくび》をしている間に、わたしはカーテンを閉めた。

彼のパジャマを取りに下に降り、また上がっていくと、彼はもう服を脱いで腰に短いタオルを巻いただけの格好になっていた。互いにお休みの挨拶をした。彼は親しげにわたしに握手をした。ナイトテーブルの上に置かれた彼の腕時計をちらっと見ると、午前四時であった。わたしは部屋に戻り、それから、最悪の事態が起こるだろうと観念して、床に入った。だが結局、疲労が、客の行動を見張っていたい気持ちにうち勝った。

眠気が、その活力回復の謎の力でわたしを包んだ。

部屋から出たときには、もう夜が明けてだいぶたっていた。身繕《みづくろ》いをし、バビロン博士の様子を窺《うかが》いに上階に上がっていった。

部屋は空だった。けれどもベッドは乱れていた。そこで寝た跡があった。

枕についた血の染《し》みが、すぐにわたしの注意を引きつけた。

ナイトテーブルの上に、撃鉄式の立派なピストルが置いてあった。十九世紀の物語に出てくるようなピストルで、これはいまだにわたしの手もとにある。

バビロン博士の姿は跡形もなかった……

第二帝政時代のなにか劇的事件の遺物にちがいない、この時代遅れの武器を両の手に持って、わたしは夢見心地でゆっくり下に降りていった。

階下にきてみると、漠然と予期していたことが確認された。錠は中から掛けたままだったのだ……。だが今やもう、それがどうだというのだ？

この奇妙な事件以来、わたしの家はどうやら厄払いをしたらしいとつけ加えておこう。我が家に平和が戻り、万事元どおりにおさまり、もう夜も、以前のように悩まされることはなくなった。

だがしかし――こんなことを言うべきかどうかわからないが――わたしは今、まるで見捨てられて一人ぼっちになったような気がしている。

黒い玉

別の命に乗り移ってはならぬ

ベルナール・コラン

テラスの真新しいセメントはざらついていた。鉄のバルコニーはほうぼうに錆《さび》が出ていた。四階下には河が流れ、銀色の優美な曲線を描きだしていた。外側から見ると、部屋の窓は手入れの悪さが目立った。ペンキは剝《は》げ、ガラスをとめた防水用のパテはあちこち剝がれ落ちていた。拾わずに放置された瓶の栓が下に転がっていた。立地条件の素晴らしいこのホテルは、過去の名声によって生きのびていた。

ネッテスハイムはテラスを離れ、ベッドに行って腰を下ろした。彼は靴紐をほどいてから、ごろりと寝そべり、両手を枕に考え始めた。

新聞を買ってから外で食事をしよう、だがその前にまず、スーツケースを空にして、ブルーのスーツをハンガーに掛けておこう。明日、あの連中に会うことにすればいい……

こうして寝そべっていると、開いた窓越しに、青空と、遠くに霧で霞んで見える緑のなだらかな丘陵しか目に入ってこなかった。彼は疲労感とくつろぎを同時に覚え、心地よく横になりながら、のんびり息をし、今にも穏やかな眠りに落ちようとしていた……

夕暮れの冷気に触れて、彼は目を覚ました。身軽に起き上がると、テラスに出て、辺《あた》りの風景を眺めた。二時間前には銀色に見えた河が、今は一変していた。ぴかぴかの鋼鉄さながらに、宵の灯火を映してきらきら輝いていた。ぼんやりした喧騒が昇ってきたが、時折その中に、流れを下る艀《はしけ》の静かな唸り音や、逆流を難儀して遡《さかのぼ》る船の忙《せわ》しない排気音が聞こえてきた。

ネッテスハイムは谷間の香りを嗅《か》ぎながら、バルコニーに肘をついて、間を置いて聞こえてくる賑やかな楽団の演奏にのんびり耳を傾けていた。楽団は、四階下の天辺を刈り込んだマロニエの樹の下で、店の数人の居残り客を相手に、気のなさそうな演奏を続けていた。この味気ない音楽が、彼をもの悲しい気分にさせた。フランス窓を開け放ち、緑に覆われた広い谷間を前にしながらの、安楽と、くつろぎと、午後の終わりの解放された気分が、夜の訪れた今、奇妙な倦怠感と疲労感に変わりつつあった。さきほどまではひたすら休息を求めていたが、今は孤独感が重く心にのしかかっていた。

彼は河に背を向け、闇に包まれた部屋に戻り、窓を閉め、カーテンを引き、手探りでベッドの上のスイッチの紐を探し当てた。

明かりがついた瞬間、ほんのちょっとしたことが起こった。取るに足りないほどのことだったが、しかしそれでも、まるでこれを合図に外の世界と突然断絶が起こったかのように、それまでとは違った新しい雰囲気が部屋の中に生じた。

くすんだ色の小さな毛玉によく似た柔らかくふわふわしたものが、純白の軽い羽布団から出て、青いビロードの大きなクラブチェアの下に転がり込んだのだ。いや、転がると言ったのでは正確ではない。そのものは、飛んでいるようにも、跳びはねているようにも見え、そのため彼は、ちっちゃな猫かとも思ったし、同時に鳥かとも思った。毛の生えた、光沢のあるその外見、ちらちら動く影模様のようなその軽やかさからいって、考えられる唯一の生き物は蝙蝠《こうもり》だった。

ネッテスハイムは身を屈《かが》めてクラブチェアの下を覗いてみたが、なにも見えなかった。彼は腰を下ろし、妙に興味をそそられて、その重量のない体、そのちっちゃなものが移動したときのいとも自在な動き、そして同時に、それをつき動かしている決意というか、意志のようなものを思い返していた。

深々としたチェアに体を沈めて、彼はそのビロードの布地を無意識に撫でていた。彼は考え込みながら、きっと見間違えたんだろうと思った。ところが実は、地中にもぐった動物の用心深い息づかいに似たかぼそい規則的な息づかいが、今、自分の下の方から聞こえてくるような気がしていたのだ。

彼は立ち上がって、椅子の下になにがいるのか見定めようとした。だが、椅子の木枠が下の方まであって、カーペットに腹ばいになって目を凝《こ》らしても、なにも見分けられなかった。リズミカルな鼓動は、今や極めてはっきり聞き取ることができた。彼はチェアの下に手を差し込む勇気が出ず、むしろチェアを壁から離して移動してやろうと思った。彼が一所懸命チェアを動かそうとしていると、〈それ〉は、あっという間に彼の股の間をくぐり抜け、部屋の反対側の隅にある背の低い長櫃《ながびつ》の下に逃げ込んだ。この下にあんなに迅速に潜り込むとは、たしかに、恐ろしく器用で柔軟な体をしているに違いなかった。

もっと仔細に見たいと思っていたのに、それができなかったほど素早く敏捷なところをみると、その〈もの〉は利口で悪賢い頭をしているに相違ないと、彼は確信した。彼は立ったまま、両足を開いて身構え、全部の感覚を研ぎ澄ましていた。なんの物音もしなかった。あの規則的な息づかいももう聞こえなかった。ところが、奇妙な匂いが部屋の中にゆっくりと浸透してきた。それがなんの匂いかは即座にわからなかったが、きわめて明確な記憶を彼に呼び覚ました。六月の太陽のもとの、或る司祭館の庭園。彼はそこの、〈黄楊《つげ》〉の樹に囲まれた芝生地の前のベンチに座って、本を読んでいた。

ネッテスハイムは、低いテーブルの上に帽子や朝刊といっしょに置いたステッキを取りに行った。それは棘《とげ》だらけの頑丈なステッキで、つやつやした握りに、ちっちゃな二匹の鼠を追いかけている銀製の子猫の飾りがついていた。彼はそれを使って、隠れているその小さな〈もの〉を長櫃の下から追い出そうとしたが、うまくいかなかった。ステッキの先が、脚板の角に張った蜘蛛《くも》の巣を引っ掛けたらしい。巣の切れ端がついていた。彼はその黒い、綿毛のような、気持ちの悪いわずかな痕跡を念入りに調べた。そして、埃《ほこり》の匂いではなく、非常に強い黄楊の香りがするのを発見した……。そうしてみると、思っていたのとは違って、あの〈もの〉に触れたのだ。しかも、それに怪我《けが》を負わせたか、少なくともひっかいたのだ。そこで彼はあきらめず、長櫃の下をさらに懸命になってひっかき回した。カーペットをこするようにして、右に左に、むきになってステッキを動かした。ところが、こんなことをしても無駄だと思い始めた矢先、突然、毛の生えた膜質の玉が隠れ処から跳び出し、ベッドの上に跳びのり、彼をじっと見つめた。そうなのだ、あまりの異様さに彼は呆然と立ちすくんだが、この得体のしれない毛玉の中心に光った目が見えたのだ。そして、彼をじっと見据えたその目は、驚くほど表情たっぷりだった。

ネッテスハイムは狂ったようになってベッドの上を叩いたが、的に当たらなかった。杖は鈍い音をたてて羽布団を叩き、玉は信じられないほどの敏捷さで、右へ左へ跳んで逃げた。そして、怒りを爆発させていくうちに、ネッテスハイムは次第に息が切れ、力が尽きてきた。とうとう、心臓が苦しくなり、肘掛椅子に倒れ込んだ。初めから彼は、〈ちょっとしたこと〉ではない気がしていたのだ。今や彼は、この不可解な出来事の前に、自分の無力さ加減を悟っていた。

するとそのとき、彼は玉が前より大きくなっているのに気づいた。まるで、自分の体の組織を増殖させ、恐怖と怒りでそれを育《はぐく》みながら、その繭《まゆ》のような殻に新たな膜質の層を、錯綜した黒っぽい繊維の新たな厚みを、重ねていっているかのようだった。それは、ふくらんだあとで元の形に戻る或る種の動物とはちがって、単にふくらんでいくのでなく、成長し、大きさを増し、目方を増やしていくのだった。玉は、いっときココナッツぐらいの大きさになり——見たところこの繊維に覆われた実にかなり似ていたが、もっとぶよぶよで柔らかだった——、やがてメロンの、西瓜の、カボチャの大きさになった……

ネッテスハイムはまたもや、かっと憤怒《ふんぬ》に駆られた。椅子から起き上がるや、すっとんでいって、ふわふわした羽布団の羽毛のように手応えのない、綿毛の生えた、けがらわしい塊りの上に文字どおり飛びかかった、そして、両手でそれをぐっと押さえつけ、動物の心臓とか、ぶよぶよして毒のある木の実の仁に似た、ぴくぴくと温かい、体の中心部、生きている中核部を捕まえ、勝ち誇った叫び声をあげながら、それをベッドの上から摑み取った。

それは子供の拳《こぶし》ほどの大きさの、体が乳白色の蟻《あり》のようなもので、青白くて生温かく、ゴムみたいで、黄楊の木の強い匂いを発散していた。

ネッテスハイムはその塊りを床に勢いよく投げつけ、片足で上から踏んづけた。ゆで卵のように、それはゆっくりと潰《つぶ》れた。すると、そこから死臭を漂わせる白っぽい体液が流れ出た。だがこれと同時に、彼の両手に、影のように微《かす》かでゆるい織り目の、黒い薄膜の切れ端が張りついて離れなくなり、その一方で、両腕にも別の薄膜が巻きついてきた。そればかりか、両脚に沿って、柔らかく、絹糸のような、べたべたしたものがぴったり張りつき、だんだん上に登ってきて、次第にしつこく彼の体に絡《から》みついてくるのだった。

彼の怒りは激しい不安に変わり、やがてそれは恐怖に転じた。今や抵抗することもできず、虜となった彼は、とりとめなく、無意味なものへ目を凝らした。ナイトテーブルの縁の煙草の焦げ跡とか、ベッドの頭の側の壁についた、叩き潰された蠅《はえ》の茶色っぽい染《し》みとか、靴の先の、いつできたかわからないかすり傷とか……

外の音に耳を傾けると、河の流れに乗って速い速度で下る艀の音が、はっきり聞き取れた。恨めしいことに、彼は今始まりかけているドラマ、無防備で、明晰な意識もなく、戦闘意欲もないまま立ち向かおうとしているドラマに、精神を集中することができないのだった。

　彼は体にまつわりついたこのいやらしいもの、縮緬《ちりめん》のヴェールに似たこの不吉な膜を、自信なげに引きちぎろうとした。だが、もがけばもがくほどますます手足が絡んで抜け出せなくなり、ようやくのことで片手を、次いでもう一方の手をなんとか外に出すことができたが、このふわふわした塊りは、見かけは薄そうだが意外にそうでなく、底意地の悪い植物のような力で固く締めつけてくるのだった。彼があがこうと、じわじわと万力のように締めつけてくる力は緩《ゆる》まず、堪え難い沈黙がこの場を支配していた。叫び声も上げず、彼は身を振りほどくために床に転がり、地面の上を回転しようとするレスラーのように体を丸くしたが、このためいっそう楽々と、忌まわしい繭の中に包まれる結果となった。

　彼は死のことを考え、いったん死んだら、まるきり自分がこの世に存在しなかったと同様になってしまうだろうと思った。こう考えると、彼は諦めの気持ちになった。というのも、この消滅が今すぐやってこようと、もっとあとにやってこようと、取るに足りないことにまったく変わりないからだった。彼はさらに、自分の体が、この邪悪な皮膜の中でしだいに小さくなっていくのに気づいた。膜は、糸を繰りだし、結び合い、広がり、絡まり合っていくその一連の奇怪な動きの中で、彼の体をその中に押し包み、同化し、いわば消化吸収していくのだった。今や、この気味の悪い糸鞠《いとまり》の内部に脈打つ微かな搏動を自分のものと感じながら、彼が今度は、しだいにその命の〈核〉になっていった。彼は気力を取り戻し、この状況、この〈もの〉の中心にいるこの状態から想像できる結末を考えた……

朝日が丘陵の向うから昇り、部屋の窓をぱっと照らした。明るい無数の光の筋が厚めのカーテンを通して射し込んだ。

誰かがドアを開けたとき、彼は怯《おび》えてソファの下に跳び込んだ……

蠟人形《ダーギュデス》

彼女は暖炉の前に立っていた。正面を向くと体の線がくっきり際立ち、横を向くとお尻がぐっと突き出して見える、白と黒のロング・ドレス姿がとても美しかった。彼女は、周囲に向かって挑発するように、きりっと背筋を伸ばして立っていた。そして、新たに注がれたシャンパンを、わざとゆっくり飲み干した。それから不器用そうに、乱暴気味にグラスを置くと、わたしにちょっと親しげな、誘いかけるような合図をしてみせた。

他の者たちはそれぞれに小さなグループを作って、にぎやかに談笑していた。ヴェルナー・B…は、金無垢《きんむく》のビデの話、それから精力絶倫のヴァイオリニストの話を例のごとく弁舌さわやかに語って聞かせ、周りのみんなは、笑いすぎて目を拭《ぬぐ》っていた。

メリュジーヌ・フォン・R…は、まるで籠の中であちこちへ跳び移りながらブランコから水置き場へ行き来するカナリヤみたいに、靴を脱いで、クッションの上に立ち上がったり背もたれの上に突っ立ったりしながら、椅子から椅子へ跳び回っていたが、その身軽で器用な動きをみんなが面白がって見ていた。

わたしはそこで、見知らぬ美女の傍へ近づいて行った。紹介の時に彼女の名前を聞きもらしていたし、食事のときは、わたしから離れた席についていたので、小さな座席カードの上で名前を確かめることもできなかった。彼女は、わたしが近づくのを見て、勝ち誇ったと同時に戸惑った様子をあからさまに示した。

「召し上がっていらっしゃらないのね」と、彼女は言った。「わたしにつきあってちょうだい」

彼女はボーイの手からシャンパンの瓶を取ると、手にしていた空のグラスになみなみと酒を満たし、わたしに差し出した。

「あなたは他の連中ほど馬鹿みたいには見えないわ」

「第一印象だけですよ、きっと」

「手を見せて」

彼女は差し出したわたしの掌《てのひら》をちらっと見、そんな短い瞬間では実際はなにも見ることができなかったのに、わたしの腕を押し戻すと、わたしが置いたグラスを空にしてから、したり顔に「ふむ、ふむ」と言った。

「なんですか、ふむ、ふむって」

「あなたって、興味深い人だわ。なんていうか、二つはないという大変な手の持ち主ね……」

「幸い二つ揃っていますが」

「それは自分の体をよく撫でさすることができるようによ、坊や！　あら、いやんなっちゃうわね！」と言って、彼女は目でシャンパンを探し、空よ、というしるしにグラスを上に差し上げてみせた。「あなたも他のみんなと同じ馬鹿だわ！」

「さあ、いらっしゃい、お嬢さん」とわたしは言って、白い革の長椅子に並んで座らせた。

「気を落ち着けて……どんな悩み事があるんです？　それよりまず、あなたの名前を教えてもらえませんか」

彼女は不幸な少女といった様子だったが、そっと呟《つぶや》くように言った。

「シュジィ」

「古めかしい名前だな。シュジィなんていうんです？」

「シュジィ・バネール」

彼女の手を両手に握ったまま、わたしは優しく彼女を見つめ、静かに訊いた。

「泣きたい理由はなんなのです？」

彼女は勢い込んで否定した。

「まあ、あなたったら！　わたしはちっとも泣きたくなんかないわ。満足しきっているし、とっても幸せなんですから……さ、行って踊りましょう」

非常にリズミカルなレコードがかかったところで、ひと組のカップルが踊り始めていた。

「わたしは踊らないんです」

「踊れないの？　あなたって、いったいどういう人なの？　お医者？　弁護士？　それとも野暮な修理工？　でなければ足がないの？」

彼女はすでに立ち上がっていたが、わたしは手を握ったまま、もう一度彼女をそばに座らせた。

「ここにいなさい」と、わたしは言った。「そう強がらないで。悩み事を言ってごらんなさい」

このとき、メリュジーヌ・フォン・R…が鳥のようにわれわれの上を通り越し、綱渡りの曲芸よろしく肘掛椅子の腕から窓の方へ伝っていったが、もう誰の関心も引かなかった。

「素敵な子ね」と、シュジィは言った。「ときどき馬鹿みたいに見えるけど。でも、素敵な子だわ」

「本は読むほうですか?」

「ほとんど読まないわ、なぜ?」

「語彙《ごい》の問題ですよ。もうちょっと増やすべきでしょうね」

彼女は滑稽と同時に気の毒なほどうちひしがれた様子で、わたしの顔を見た。

「馬っ鹿みたい!」と、彼女は言った。「そんなこと言われたの、はじめてだわ……ねえ、あそこの、シャンパンを持っている男、呼んでちょうだい」

彼女はグラスを差し出し、喉から変なしゃがれ声を出しながら笑った。

「でも、あなたは飲まないんだったわね! あなた、わたしのこと、良くない女と思っているんでしょ? かまやしないわ、これはよく覚えておいて、でも、そんな異様な、謹厳な、哲学的な手をしていらっしゃるんだから、もっと理解してくれると思っていたわ……名前をもう一度聞かせてくださる?」

わたしは名前を言った。

「ああ、そうだったわね! わたしって、いつも忘れちゃうの。顔は覚えているんだけど、名前がだめなの。もう一度お会いしたいわ。しらふの日に」

彼女は腕をのばし、小卓の上の金色の小さなバッグを取って、ちょっと中を探してから、わたしに名刺をよこした。そして指で合図をし、万年筆を受け取ると、おぼつかない手でどうにかそれに住所と電話番号を書き添えた。

「連絡をくれると約束してください」

「わたし、約束は決してしないの、でも、言ったことはたいてい覚えてはいるわ」

彼女の目がとろんとなってきた。彼女は、いっぱいに満たしたシャンパン・グラスをひっくりかえし、突然、一種の麻痺状態に陥った。

夫ではないが（彼女に夫などいるのだろうか？）彼女の連れの男、彼女を見守っていた背が高く品のいい、ちょっと不気味な男が彼女に二言三言いって、彼女を助け起こした。


まったく意外だったが、それから二、三週間して、シュジィ・バネールの方からわたしに乱雑ななぐり書きの手紙で、できるだけ早く来てほしいと言ってきた。しかし、これにはいまひとつ喜べなかった。酒飲みの女は好きではないのだ。いったいわたしになんの用があるのだろうと思った。だが、誰だって、くだらない用事でこんなことを言ってきはしない。なにかあの女の生活に重くのしかかっている重大なことがあって、それを誰か親密な人間以外の者に話したいと思っているのだろうという気がした。それならいたって簡単だ。これまでにも、旅の途中で、自分の話をしたくてうずうずしている初対面の人間から、打ち明け話を——しかもありきたりじゃない奴を！——聞きだしたことは何度もある。

そんなわけで、わたしは日にちを決めて、シュジィ・バネールの家に出かけていった。彼女は、あの気忙《きぜわ》しそうな感じにまるでマッチしない、いささか古めかしい、貴族的な、立派な大邸宅に住んでいた。きわめて洗練された小間使いがわたしを広い書斎に通したが、そこにはジャン・ファン・ノーテンの大きなタペストリに向かい合って、堂々とした等身大の男性の肖像が微《かす》かな笑みを浮かべていた。これはまぎれもなく実物そっくりという肖像画で、その点で成功していることはわかるが、様式は今日のセンスからすると、すでに時代遅れなところがあった。

シュジィ・バネールはさっと風のように入ってきて、勢いよくわたしの両手を握り、それから手を放すと肖像を指差した。「夫よ！」そう言ってから、わたしを、黒革の深々とした長椅子に並んで腰掛けさせた。

「いらっしゃってくださって、ほんとにありがとう」と、彼女は言った。「わたし、あなたにお願いがあるの」

わたしは、自分では平静な顔を装ったつもりだった。

「心配なさらなくていいわ、お金の無心じゃありませんから。じつは、とても重大な打ち明け話をあなたに聞いていただきたいと思って。わたしの過去にまつわることなのだけど、誰かわたしのことを理解してくれる人にざっくばらんに話してしまう以外に、それから逃れようがないものだから」

「でもなぜ……」

「あなたにかって？　だって、お友達や親戚の中には、これからお話ししようと思っていることに堪えられる力のありそうな人間は見つからないし、それにあなた自身、人間の密《ひそ》かな陰謀や運命の悪戯《いたずら》にたいへん興味がおありだから――と聞いたわ――、頭がおかしいと思わないでわたしの話を聞いてくださると思って」

どうやら厄介なことになりそうだ。

「正確なところ、わたしになにを期待しているんです？」

「じっと話に耳を傾けて、固く秘密を守って、わたしの助けになってくださること」

「それは大ごとだ、わたしにはとても……」

「わたしは安心しているわ。あなたはまさにうってつけの人だわ。遠慮しすぎもしないし、自惚《うぬぼ》れすぎもしないし、厳しすぎもしないし」

彼女は、この最後の言葉を言うときにちょっとためらいを見せた。それから、冷蔵庫を組み込んだ古いライティングテーブルのところにいき、扉を開け、シャンパンの瓶を取り出すと、手早く栓を抜いた。

二つのグラスを満たし、一つをぐっと飲み干してから、もう一方をわたしによこした。

「真面目に話しましょう。最初に断わっておきますけど、わたしは寡《やもめ》なの。主人は四年前に亡くなったわ。かなり知られた銀行家だったんだけど、その方面では立派だったわ。でも残念なことに、どうにも救いようのない異常者でもあったの。あの人の本性の暗い秘密を知っていた人間はごくわずかだった。あの人は自分の役回りを恐ろしく巧妙に演じていたし、みんなの目に、非のうちどころのない社交人に映るように振舞っていましたからね。でも……恐ろしく精神の歪んだ、偏執的な心の持ち主だった！　主人は変質者だったんです。十五年前に知り合ったとき、すでに狂っていたのか、その後そうなったのか、わからない。ただ、あの人の〈不思議な部屋〉を発見したとき、あの人が尋常な人間じゃないことに気がついたの。

その部屋は、わたしたちが結婚する何年も前から自分用に作ってあって、そのみごとな蒐集室にあの人はつぎつぎと蒐集品をふやし続けていたの。陳列棚や抽出しに、魔術や呪術や性愛に関する不気味な品や醜怪な品がいっぱいに詰まっていた。あの人はその部屋を念入りに閉ざして、自分以外の人間が誰も入れないようにしていたわ……〈青髭〉の妻みたいに、わたしは或る日、主人が外国に行って留守なのを利用して、こっそりその部屋に忍び込んでみたの、そして、誰からも変質者とは思われていなかった男の、その恐ろしい秘密を発見したというわけなの……」

シュジィ・バネールは、話の反応を窺《うかが》うために言葉を止めた。

「それで、なんなのです、そのコレクションというのは？」

「ありとあらゆるものがあったわ。貝殻や二股の樹の根、狼の顎、見知らぬ文字で呪文が彫ってある石、黄ばんだ細帯を巻いて、針や釘を突き刺した泥や蠟の人形、怪獣や女を象《かたど》った青銅や銀の小さな像なんか」

わたしは好奇心を激しく掻きたてられていた。相手はそれを知って非常に満足した。そして、いちだんと熱を込めて話を続けた。

「丸いガラスケースに入った、瘦せこけた茶色っぽい小さな人魚もあったわ、人間の骨ばった顔とかぼそい腕がはっきり見分けられ、それ以外のところは、鱗《うろこ》はないけれど魚の体をしていたの。ほかに、ぎざぎざな切り子面の天然水晶の塊りがあって、その真ん中に、驚くくらいプロポーションの美しい小人《ホムンクルス》が――塊りの中に虜《とりこ》になって――いるのがあったわ。そのほかも、幼い子供の双頭の骸骨も。爪と真珠を交互に連ねた首飾りとか、髪の房を容れたロケットとか、人間の歯を飾りにしたブローチや指輪とかも。義眼のコレクションや、磨いた木で作ったり、革で作ったり、いぶし銀で作ったりしたあらゆる類《たぐい》の義足や義手とか、そのほかまだいろいろと……そんなふうに一カ所に集められたこの陰惨な恐ろしいものくらい、シニックで、非人間的で、悪魔的なものはなかったわ」

「そのコレクションは、今どこにあるんです？」と、わたしは訊いた。「ぜひとも拝見したいものですね」

「ちりぢりばらばら！　処分しちゃったり！」と、シュジィ・バネールは勝ち誇った声で答えた。「ほんとの美術的価値がある珍品は売って、埃《ほこり》まみれで不衛生な気持ち悪いものは、全部ここで焼いちゃったわ」

彼女は大きな暖炉を指差したが、さぞかし威勢よく炎を上げて燃えたことだろう。

「残念ですねえ！」と、ぼんやり考え込みながら、わたしは呟いた。

「じゃ、そういうものがお好きなのね？　べつに意外じゃないけど。でも、そうしなければならなかったのよ。あの全部の蒐集品はわたしの生活を台無しにしたばかりか、彼の命を縮めたんですもの」

彼女はグラスを満たし、わたしの方に屈《かが》み込むと、いくぶん興奮気味に打ち明けた。

「わたし、主人を殺したの、おわかりかもしれないけど……あの人は人間じゃなかったわ」

彼女は大胆にじっとわたしの目を覗き込みながら、ゆっくりシャンパンを飲んだ。

話ができすぎだった！　どうも作り話臭い感じがした。わたしは思わず、顔ににやっと疑わしそうな表情を浮かべたらしい。

「いい気にならないで！」と、彼女は苛立って言った。「ちょっと考えてみてほしいわ。わたしの方からわざわざあなたに来てもらいたいと頼んだのも、ほんとに来ていただくだけの大事なことがあるからだって、おわかりになるはずだわ。嘘をつくのは、真実の話をするより簡単なものよ。わたしの役回りに芝居がかった山葵《わさび》を効かしてみたところで、あなたにどうっていうこともないでしょう？　わたしに関心がおありなわけでもないんですもの。住所と電話番号をお教えしたけど、あなたからはなんの反応もなかったわ。他の男だったら、たいてい誘いかけてきたでしょうに。でも、わたしが悲嘆にくれた潔白な女だろうと、狡猾きわまる人殺しの女だろうと、あなたにはどうでもいいことだわね。そのとおりでしょう、それともちがう？」

「おっしゃるとおり」

「あなたを呼んだのも、あなたという人がわかっているし、或る種のことが理解できる人だと思っているからよ」

「いいです、わたしがそういう人間だということにしましょう。でも、いったいどうして、訊ねもしないのに、わたしの知らない犯罪のことなどわたしに告白するんです？　自首して出ようというつもりなんですか？」

彼女は美しい上半身を高慢そうにぐっと反らし、にらみつけるようにわたしを見た。

「全然そんな気はないわ！　わたしは、自分が罪を犯したとはまったく思っていないし、罪を償《つぐな》わなくちゃいけないとも感じていないわ。後悔もしていないし、主人は受けて当然の罰を受けただけと考えているんですから」

「これはまた、一介の蒐集家にひどく厳しいんですね、奇人かもしれませんが、要するに無害なんですから」

わたしは彼女を挑発するために、考えとは逆のことを言っていた。というのも、徐々にわたしは確信を抱き始めていたからだった。わたしは死んだ夫の肖像の方へ目を上げた。彼は威厳たっぷりで、深い眼差しをし、微かに不気味そうな微笑を浮かべていた。そのブルジョワ的尊大さの下に、不意になにか不健康で危険な要素が覗いて見えた。

「あの人は、かなりひどいことをいっぱいしたわ」と、彼女はぼんやりと考え込みながら呟くように言った。「そんなこと、思い出したくもないし、気にもしたくない。でも、許せなかったことが一つあった。それを、あの人は自分の命で償ったのよ」

「どんなことか話していただけますか？」

相手の顔が強ばった。憎しみの表情にその口もとが歪んだ。

「あの人はわたしのお腹にいる子を殺したのよ」

わたしが今度は、両方のグラスに酒を注いだが、白状すると、手が少し震えていた。

わたしはシュジィ・バネールの視線を避けながら、一口飲んだ。わたしは、この驚くべき告発を自分の心に充分納得させようとした。だが、なにを言っているのかもうさっぱり理解できなかった。結局のところ、気違い女を相手にしているのだろうか？

「本当のことを」と、彼女は続けた。「はっきりさせるのは容易じゃないわ。確認しようがないんですもの。ですから、二言三言でそれを言い表わそうとしたって無理。簡単にわかろうとしないで、わたしの話に協力していただかなくちゃ」

「およばずながら、努力してみましょう」

「七年前、わたし、男の子を死産したの。そんなことになる徴候はなに一つなかったのに。妊娠期間中は平静で、トラブルもなくすんだんですもの。それでひどくショックを受け、がっかりしたんですけど、このとき、主人とわたしがお互い、いかに赤の他人であるかがわかったわ。こんな苦しいときにこそ、元気づけてくれるべきなのに。それどころか、主人はこのことをものすごく軽く考えたのよ。わたしを励まし、わりによくある事故だと説明し、また別に新しく男の子ができるさと約束してくれていいはずの人が、平然として、空威張《からいば》りの、シニックな態度を見せたんだわ」

「きっと、あなたが母親向きの女性にできていないと考える理由があったんじゃないですか？彼にはそのうち希望が打ち砕かれることがわかっていて、それをあなたが持ち続けるのを、なんとかやめさせたかったんじゃないですか？」

「いえ、いえ、そんなことじゃない、もっとひどいの。実のところ、あの人は命というものを嫌悪していたの。若さや瑞々《みずみず》しさといったものすべてに苛立ちを感じていた。楽しみと言えば、呪われた本や奇怪なコレクションにしかなかったのよ」

「思いすごしですよ」

「ともかく、わたしたちはうまくいかなくなったわ。わたしはまだ、子供の死に関して主人がどんな役割を演じたのか知らなかったけれど、あの人のことがいやでたまらなくなったの。挙げ句の果てに、しょっちゅうとげとげしい、辛辣な言葉をぶつけ合うようになった。人目にも、いろんな細かいことを通して、わたしたちの夫婦仲が悪く、別れるか死ぬかしない限り、二人の反目が収まらないということは、はっきりわかったでしょうね。

　ところで或る日、主人から握りが小さな子供の手でできたペーパーナイフを見せられたの。『きみの子供の記念だよ』って、顔をしかめて言ったわ。『あの子を棺桶《かんおけ》に納《い》れる前に、みんなに知られないようにこっそり、あの子の手首を剪定鋏《せんていばさみ》で切り取っておいたんだ。この細工仕事を誰にもまかせずわたし一人の手で仕上げたってことを、覚えておいてもらいたいね。なにしろ、銀の環をつけた剝製《はくせい》のこのちっちゃな手は、まさにわれわれ二人から生まれたものだからね』って」

「なんてひどい話だ！」と、わたしは呟いた。

　彼女はまるで霊に取り憑かれたかのようだった。立ち上がって、両足を突っ張りながら体を震わせ、唇をわなわなさせていた。

「それだけじゃないのよ！」

彼女はよろめきながら一つの家具のところにいき、抽出しを開け、先端にすっかりしなびた灰色のちっちゃなものがついた、象牙の刃のペーパーナイフを取り出してくると、二人のグラスをよけて、わたしの前に置いた。

わたしはこの小さな、握り拳を見つめていた。怪しく魅せられ、それに触《さわ》ってみたくもあり、同時に触るのが恐くもあった。だがすでに、シュジィ・バネールは別の品を持って戻ってきた。新生児のように産着《うぶぎ》でくるんだ、十五センチばかりの小さな人形だった。一見したところは、白い包帯を巻きつけた太い人差し指みたいだった。しかしよく見ると、目鼻立ちがはっきりついていない、ほとんど凹凸のない小さな蠟の顔がそこに見えた。

それを差し出されて、わたしはさてどうしていいかわからず、指でもてあそんでいた。

「よくご覧になって、なんなのか考えてみてほしいわ。実はあなたが手にしているのは、呪いを掛けるために主人が作った、わたしの子供の人形《ひとがた》よ。赤ん坊は死産だったけど、〈ひよめき〉の凹みに原因不明の傷があったわ。あとになって、そのぞっとする人形を見つけたときにわかったんだけど、傷はその人形についた傷とぴったり符合していたの」

そう言って、彼女は人形の頭蓋に当たる部分を見せ、蠟の中に深く埋め込まれた数本の針の頭を示した。考えてみれば、それ自体はなんていうこともなかったが、しかしそこから、なにか胸がむかつくような病的な、不吉なものが漂ってくるのだった。

「あとはごく自然に運んだの」と、それからシュジィ・バネールは言った。「主人の番に回るのに時間はかからなかった。わたしは、自分の怒りと恨みをうまくおし隠すことができたので、あの人に警戒心を起こさせないですんだわ。そして、あの人の書棚にあった、あなたもきっとご存じのいろいろな本を、夢中になって読み始めたの。覚えているけど、ジャン・ボダンとその『呪術師たちの魔神学』や、マリウス・デクレスプ、アンヌ・オズモン、アルベール・ド・ロシャス、パピュス、ロラン・ヴィルヌーヴ等々といった人たちの魔術書を……」

わたしはあっけにとられていた！　ちょっと前まで、愚かで軽薄だと思っていたこの女が、これらの著者に通じていて、名前ばかりか、彼らの書いた魔術師や呪術師の秘術についても知っているとは。

そんなに短時間にそれほど多くの知識を会得したのは驚嘆に値すると、わたしは彼女に言った。いったい彼女はどうやって理論から実践に及んだのだろう？

「わたしはただ素直に、単純に、呪術法のすすめるとおりのことをやったまでよ」と、彼女は気取りなく言った。「儀式の細かい話は省《はぶ》くわ。滑稽で、同時に恐ろしいものよ。狂気と紙一重。でも、効果はあるけど、やっぱりちょっと馬鹿みたいだわ」

初対面のときの彼女をわたしは再び見出した！　だが、こんどは彼女はふざけていなかった。彼女は、魔法使いが秘薬を作るときのように慎重な手つきで、また自分のグラスにシャンパンを注いでから、別の品を取りに箪笥へ引き返した。

「これがわたしの使った人形《ひとがた》よ」

彼女はわたしの両手にそれを押し込み、わたしはじっくりそれを眺めた。それは木造りで、長さ二十五センチばかりのものだった。胴体、腕、脚が一体になっていた。手脚は大雑把《おおざっぱ》に象られ、明らかにこの種の手仕事に慣れない人間が、ちゃんとした道具も使わずに彫ったものだった。それに対して、肩の上に据えつけた頭部は立派な出来だった。蠟でできていたが、驚くほど生き生きした表情をしていた。作った人間が、心血を注いで眉や鼻を描き、目を青く染め、唇を赤く彩《いろど》ったことがわかった。胸の中央に、まるで標的のように、心臓がこれも至極念入りに描いてあった。そこには、それほど深くではなかったが、数本の釘と針が突き刺さっていた。人形の背中には穴が抉《えぐ》ってあり、薬瓶のものらしいプラスチックの透明な蓋がしてあった。中には、髪の毛と、爪の切り屑と、血の滲《にじ》んだ脱脂綿の切れ端が入っていた。

「おわかりね」と、わたしがこの呪いの人形を念入りに調べ終わるや、シュジィ・バネールは言った。「すべて、型どおりちゃんとやったわ。選んだのは心臓。あの人のウィークポイントでしたから。暇はかからなかった。心筋梗塞を起こして間もなく死んだわ。すんなりとね……」

これほどの確信と冷静なシニスムにわたしは呆然として、首を振った。わたしは人形を置くと、まるで血の跡がついたかのように、掌を見つめた。そして、なんともいたたまれない気持ちで、ただ黙りこくっていた。

「もちろん、こんなことは褒《ほ》められたことじゃないわ」と、若い女は言った。「ですから、こんな出来事が短期間に続いた緊張そのもので、神経がすっかりまいってしまったことはおわかりになるでしょ。それで飲むのよ、だって、飲みすぎだってことは、自分でも承知していますもの。気を紛らせるためなのよ」

彼女は、けだるくなってきたらしく、蜘蛛《くも》の巣でも払うように両手で目と顔を撫でた。そして、長い溜息をつき、やっと、やや強ばった笑みを浮かべると言った。

「二つとも持って帰って処分してくださらない？　あなたがひとの打ち明け話を黙って聞いて、その秘密を守ってくれる人だっていうことはわかるわ。お付き合いしている人たちの中でも、きっと、こんなことを理解してもらえるただ一人の人よね。あなたのような人は、お互いになにか不思議な心の通じ合いでわかるのよ。承知してくださるわね……わたし、二、三週間後にこの国を離れることになっているの、戻ってくる当てもないわ。このことは誰もまだ知らないけど。わたしといっしょに行って、結婚することになっている男は、わたしのプライベートな生活のことは探ろうとも、訊こうともしないわ。もう現在だけが大事という年齢なのよ。わたしの過去とわたしの間に距離を置いて、言ってみれば、わたしをわたし自身から解放してくれようとしているの」

「お望みどおりにしましょう」と、真面目な、厳粛な口調でわたしは言った。

「ずっとたったら、わたしのこと話してくださってもいいわ、もちろん名前を変えて。埋もれてしまうには惜しい話ですもの」

彼女は立ち上がり、お互いの了解を確認するために、握手を求めて手を出した。

わたしはシュジィ・バネールの望みどおりにした。二つの呪いの人形を処分することを除いて。とんでもない！　これは単なる一対の人形なんていうものじゃないのだ！　父親と息子という珍品なのだから。

これらはそれ以来、わたしの忌まわしいコレクションの仲間に加わっている。コレクションは誰にも見せない。少しずつ、わたしは〈不思議な部屋〉を作りあげていっている。これは熱中してやめられない遊びなのだ。

旅の男

……青い静脈の浮き出たひ弱な子供。

ジェームス・ジョイス

「腕を舐《な》めて、こんなふうに……、それから手の甲でこすって肌を乾かすの……匂いを嗅《か》いでみて！　そうよ、死臭よ」

「まったく馬鹿な子だね。そんなことは子供の遊びだよ。あんたの歳ですることじゃない」

「嗅いでみて！」

パトリシアの声と仕草は強圧的だった。彼女は腕を差し伸べたが、相手は立ち上がって後退りした。

「嗅いで！」

若い女の表情が強ばり、フラン氏はついに言うことを聞いて、唇で自分の前腕に軽く触れた。

「全然、なんの匂いもしない」と、彼は笑いながら言った。しかしその笑いにはわざとらしい響きがあった。気まずさが二人の間に生じた。彼は父親のような、心配そうないたわりの目で彼女を見つめた。何年も前から彼はパトリシアに付き添って暮らしていた。彼女が生まれたときには、すでに城館で働いていたのだった。

時代はすっかり移り変わっていた。この古い住居にいるのは、現在はもう彼女と彼だけだった。彼女はなにをまた考え出そうというのだろう？　長い間、彼は気性の不安定な彼女のむら気や、気落ちや、気紛れに、優しく、辛抱強く堪えてきたが、そうした彼女の心の密《ひそ》かな屈折が今ますます彼を不安にさせているのだった。

きっとまた危機の時期が訪れようとしているのだろう。彼女の一生に深い傷を残したあの事故以来、これは次第に頻繁に起こるようになっていた。

パトリシアは今度はふくれ面をしていたが、本当にすねているわけではなかった。彼は彼女の上に身を屈《かが》め、逞《たくま》しい両腕を彼女の背中のうしろと死んだも同然の脚の下に差し込むと、子供のように肘掛椅子から抱き上げた。相手は繊細な顔を彼の肩にもたせかけたが、涙が青白い頬の上を伝って流れていた。こうしてすっかり身を委ねきった彼女の仕草を心地よく味わいながら、彼はゆっくりとベッドまで彼女を運んでいき、慎重に下ろした。彼女は両手で身をささえて座り、にっこりしながら彼を見つめた。

「フラン、あなたがすごく好きよ。我慢強くって、いい人で、逞しいんだもの。忠犬の役目、保護者の役目、看護人の役目をほんとに立派に引き受けてくれて。あなたはわたしの献身的なボディガードね」

彼女は優しく彼の頬をつついた。男は胸がいっぱいになって、笑みを浮かべた。

「あなたがいなくなったら、どうなることかしら？　でも幸いなことに、わたしはあなたより先に死ぬわ。病弱で哀れな状態なんだもの。あなたは逞しい人よ。女たちはあなたのことをむさぼるように見てる。だからそうなったら、あなたは自由の身だわ。いえいえ、そうよ……あなたもそれがいやじゃなくなるわ。わたしのような娘はいつかは重荷になるの。戸外の人よ、あなたは。素敵な密漁監視人で、馬の調教師で、樵夫《きこり》よ。まともな暮らしをしていたら、紛れもなくちゃんとした城館の主人になっていたでしょうに。もっとも、結局はただの城館の主人でしかないわね。だって、女主人がわたしなんだから」

フラン氏はパトリシアの口に手を当てがった。彼女がその手を噛んだ。彼は噛まれた跡を見つめ、微笑を浮かべた。そして、手を彼女に差し出した。今度はその手に彼女はキスをした。

「わたしたちって、なんておかしいんでしょう」と、彼女は言った。

この農場のある城館は、管理は悪かったが、がっしりはしていた。

なんとも当惑するような奇妙なたたずまいだったが、その領地の真ん中に、城館はぽつんと建っていた。南の方角から城館へ下ってくると、陽を受けたその横腹の部分が見えてくるが、角の二棟の建物が、寒風や雨の盾になっており、いにしえの軍服を着た騎士たちでいっぱいのように思えてくる、そんな長方形の空間をのぞかせていた。屋根はスレート葺《ぶ》きだった。なにか昔の攻撃用の兵器みたいな、屋根の天辺が欠けた四角い塔が立っていた。

近づいてみると、中庭の縁に沿って深い溝が走っているのがわかった。最初は気がつきにくいが、溝に落ちないように、鋳物《いもの》の欄干が危険防止に取り付けてあった。

鉄道がここを通っていた。両側を石の壁で支えた細い歩道橋が、その上にかかっていた。橋は草の生い茂った小道につながり、森へ通じていた。

城館の北の正面は、見た目にもおぞましく、湿気による汚れが目立ったが、黒い樅《もみ》の木に縁取られた大きな湖に面していた。

その朝も、いつもと同じように、パトリシアは車椅子で、鉄道が見下ろせる中庭の外れの角まで連れていってもらった。そこから、百メートルほど下にある駅を見ることができたが、ホームにはいつも人影がなかった。

列車は乗客から請求があるときにしか停まらなかった。しかし、この人里離れた辺鄙《へんぴ》な地では、乗降客は一人もなかった。

めったにないことだったが、ときたま、木の伐採が始まると、樵夫たちがこの地に短期間逗留し、鉱山用の材木を貨車に積んだりすることがあった。だがそれも、もう二、三年前から絶えてなくなり、パトリシアは暇にあかせて見守っていたが、なに一つ、誰一人そこにやってくるのを目にしなかった。

その日はしかし、列車の汽笛の音が普段と違うように思えた。

それはまるでいい知らせを告げるかのように、いつもより生き生きと、楽しそうに聞こえた。胸をどきどきさせながら、彼女は、木立のうしろからもくもくとした煙が次第に大きく立ちのぼってくるのを目にし、汽車の吐く息まで違っているのがわかった。走るリズムもいつもと同じではなかった。汽車はカーブの出口に姿を現わし、速度を落とし、停車した……そのとおり！　これは一大事件だった……彼女の目に、誰かがホームに飛び下りたのが見えた。若い、身のこなしの柔らかな男だった。手にスーツケースを提げていた。彼は車掌と二言三言言葉を交わし、車掌が最後部の車輛に乗るのを見とどけたあと、一人きりになると、落ち着き払って探るように辺《あた》りの風景を見回した。

この男は誰なんだろう？　ここになにしに来たんだろう？

微《かす》かな危険の兆候も用心深く嗅ぎつける野生動物みたいに、彼は辺りの様子を窺《うかが》うと、意を決したように城館の方へ歩きだした。背の高い男で、コートの前を開けてひらひらさせ、帽子をあみだに被《かぶ》っていた。スーツケースが腕の先で揺れていた。

フラン氏が急いで駆け寄り、パトリシアのうしろに回って、誰にも手を出させないといった態度で車椅子に両手をかけたところをみると、彼も男に気がついたにちがいなかった。親子のように二人は一緒に、威厳を保ちながらも警戒心を弛《ゆる》めず、こちらへ向かってやってくる見知らぬ男を見つめた。

立派な風采の男だった。彼はスーツケースを下に置いて、挨拶をし、帽子を手にしてにっこり微笑んだ。


とたんに、パトリシアと旅の男は心が通じ合った。彼が城館になにをしに来たのかは、はっきりわからなかった。ジャーナリストかもしれなかったし、画家、農業技師、養鱒《ようそん》技師、ラジオの技師、或いは映画関係の人間かもしれなかった……だが、彼はなによりまず、〈旅行者〉であり、思いがけない事件であり、この若い娘が長年の間無意識のうちに待ちあぐねていた男性であって、その男性が今、予想外の形で、その孤独な生活の中に突然出現したのであった。

フラン氏がためらっていることは、その沈黙や、むすっとした顔や、パトリシアが地べたに置いたスーツケースを持っていくように合図をしたときにみせた、わざとぼんやりした態度から察しがついたが、そうした彼の暗黙のためらいを無視して、彼女は見知らぬ男を歓迎する態度を見せた。彼女は相手の説明をさえぎって言った。

「あとでお伺《うかが》いしますわ。人をおもてなしするのは、何代も前から我が家の大切な美風になっていますの。遠方からおいでの方は、我が家では旧友としてお迎えします。どうぞお入りください……執事のフランがお部屋へご案内しますわ……なにかお飲みになりますか？」

フラン氏はどちらかと言うと横柄《おうへい》な態度をとっていた。

「水門の門扉《もんぴ》のことで来たんです」と、見知らぬ男は彼に言った。「のちほどお話しします」

執事はほっとした。ずっと前から、専門家の手を借りたいと頼んでおいたのだった。これでわかった。彼はなんにせよ、わからないままでいることが嫌いだった。

彼はスーツケースをしっかり手に持った。

パトリシアは車椅子を方向転換させ、城館を見た。彼女の前を、見知らぬ男はフラン氏につき添われて歩いていた。

彼女はこの二人の逞しい男の歩く姿と背丈を眺め、妙に楽しい気持ちになった。

二人があまりぱっとしない大きな建物の中に入っていくのを見、彼女の顔に曖昧《あいまい》な微笑が浮かんだ。

数時間後、旅の男はパトリシアを車椅子に乗せて散歩させていた。道が整備されていないため、彼らは用心しいしい進んでいった。苔が道に敷いた石炭殻の上を覆い、刺草《いらくさ》がはびこっていた。二人は今、湖の前にきてたたずんでいた。

「ここに来なくなってからずいぶんたつわ。大変な遠出ですもの。わたしはお城の玄関や中庭から一歩も出ずに暮らしているんです。フランは、それより遠くに車を押してってくれる暇がほとんどないものだから」

鏡のように澄みきった、穏やかな晩冬の空を映す広漠たる水の広がりを前にし、二人は眺望の美しさに心を奪われ、ただ沈黙を守っていた。遠方の対岸には、密集した樅の木の列が、難攻不落の城壁のように、湖のいちばん端まで立ち並んでいた。梢《こずえ》の上を越えて遙か彼方に、これも森林に覆われた高原を見はるかすことができた。

「まるでカナダにいるような気がしますね」と、旅の男は言った。

と、この瞬間、一つのイメージがパトリシアの頭に甦《よみがえ》ってきた。十年前、〈事故〉の起きる前に、この同じ場所で男の子と手を繋《つな》いで道に立っていた自分の姿を、今彼女はありありと思い浮かべていた。

「カナダに行ったことあるの?」

「ううん」と、子供は言った。「でも、そのうち行くよ。いろいろ本を読んだんだ」

「『そのうちこれをする』とか、『そのうちそこへ行く』なんて言ってはいけないわ。〈そのうち〉があるとは限らないんだもの」

しかし、その幻影は消え失せた。彼女は旅の男を見つめ、その手に触れた。

「カナダに行ったことがおありになるの？」

彼は「いや」と首を振った。そして、笑った。

「でも、わたしたちは行く予定でいるんですよ」

彼は彼女を岸のすぐそばまで導いていった。そして、鎖の音を響かせながら一艘の小舟を滑《すべ》らせるように手繰《たぐ》り寄せ、舟を岸にしっかり繋ぎとめた。

戻ってくると、フラン氏がするようにパトリシアを椅子から抱き上げ、慎重に舟のところまで抱いていって、座らせた。

彼女は恐がってはいなかった。なにごとも起こるはずがなかった。彼女は自分が守ってもらっていると感じていた。

彼はオールを泥の底に突きさして押しながら、徐々に岸から離れた。それからどっかり腰を据えると、ゆっくり漕ぎ始めた。

沖合いに向かいながら、パトリシアは美しくなりたいという矢も盾もたまらぬ欲望が心の中に沸き上がってくるのを感じていた。しかしそれと同時に、親切と好意に満ちた心遣いで、彼女の心を堪え難いほど掻き乱そうとしてくるこの見知らぬ男に、憎しみを抱き始めてもいた。

だがこのとき、岸から誰かが、苛立った大きなジェスチュアをしながら、大声で二人を呼んだ。

「フランだわ」と、彼女は言った。「戻りましょう。こんな不用心なことをしたってかんかんに怒るわね。あの人はいつだって、わたしになにか起こると思っているんです。まるで、またなにか起こるはずだとばかりに！」

舟は大きく弧を描き、それからゆっくりと岸の方へ向かった。


二人はまた近辺を散歩に出掛けた。古びた我が家を哀れむように眺めながら、パトリシアは染《し》みだらけになった壁の状態がひどく心配になった。

「樋《とい》をなおさなくちゃいけないわね」と、彼女は言った。「しょっちゅう雨、雨で、誰も構いつけないものだから」

そして、案内をしてくれる男の方に感謝するようにふり向きながら、つけ足した。

「あなたにここを案内してもらわなかったら、なにも目に入らなかったし、なにも知らないでいたわ」

フラン氏が銃を担《かつ》いで、建物の角に姿を現わした。長靴を履き、革の上着を着たところは、さながら番兵といった格好だった。

「樋をなおさなくちゃだめだわ」と、若い娘は大声で言った。「ここでは、わたしのことを見張るだけで、なにもかもほったらかしなんだから！」

熊のような体つきの男は返事もせずに遠ざかっていった。

「彼、わたしの監視に疲れて苛立っているんだわ」と、パトリシアは言った。「まるであなたの存在が心配で、わたしも、なにかあなたのことを恐がらなくちゃいけないみたい。ここに他の人間がいることに慣れていないんです。あなたがいるのできっといらいらしているのね。いったい、なにを心配しているのかしら？　だって、あなたに食べられちゃうわけでもないでしょう？」

「あなたは人に食べられるというタイプじゃありません。むしろ、その逆でしょう……」

彼女は怪訝《けげん》そうに彼を見つめ、ちょっと考え込んでから、言った。

「あなたの考えていらっしゃるのは、〈かまきりのような女〉のこと？」

「いや、もちろん違います」

しかし、彼の嘘はみえすいていた。彼が思い浮かべていたのはまさにそれだったのだ。

パトリシアはこんな連想をされても憤慨はしなかった。

「どうしてそんなことをおっしゃるのかわからないわ。でも、その比喩、それほど悪くないわね……自分のことって、よくわからないものだけれど、時折、たった一言だけで、自分のことがはっきりわかることがあるわ。人の心の中には、なんてたくさんの秘密があるのかしら！」

車椅子を押しながら二人でゆっくり進んでいったが、こうして体の不自由な娘と付き添いの男とが、この殺風景な、荒涼とした風景の中を散策して歩く姿には、どこかしら悲劇的で不吉なところがあった。

「昔の鍛冶場《かじば》が見たいですね」と、長らく歩いたあとで彼が言った。

「昔の鍛冶場？　廃墟になっているわ……でも、ここに鍛冶場があるってどうして知っていらっしゃるの？」

「メランコリックな風情と一風変わった感じから、この場所に無性に魅かれて情報を集めたんですよ。本もたくさん読みました。土地の人たちにも聞きましてね。それで、この城館も、湖も、森も非常に身近なものに感じるんです。あなたにはきっと信じられないほど身近にね。ここはまるで別の時代の、別の世界ですよね」

汽笛が鳴り、二人は、土手の上にもくもく上がる煙を眺めた。

「汽車は、乗客から請求がないと停車しないのよ」と、彼女は言った。「でも、停まってくれって頼む人なんか一人もいないわ。何年も前から、まさかのことが起こらないかと見張っているのだけど、これまでいつも期待は裏切られたわ、あなたが今日こうして……」

彼女は、遠くのホームにスーツケースを持って一人で降りたった彼の姿と、喘《あえ》ぎながら発車する汽車を思い浮かべていた。

彼女はあのとき中庭の角にいたが、フラン氏がやってきてボディガードか家の主人のように彼女の傍に付き添って立ったとき、思わず苛立たしい気持ちになるのを抑えられなかった。旅の男は格子の門を入り、大きな黒い樅の樹の下に車椅子に座った彼女を認めると、気がつかないほどかすかな動作だったが、恭《うやうや》しく一歩後退りする仕草をしてみせた。

「王座に座った女王のように、わたしを迎えてくれましたね……」

とたんに彼女の耳に、遙か遠くの方から、同じようなことを言っている声が聞こえてきた。

彼女は足もとに少年を座らせ、草のベッドの上で花の冠を被った自分の姿を思い出していた。彼女は言った。

「わたしは女王よ、わたしの脚に接吻しなさい」

すると、彼はそうした。

「足の先に接吻しなさい」

彼はそうしようとした。だが彼女は、彼に靴を脱がすように命じた。靴下もと言ったが、彼はたじろいだ。そこで靴下を脱ぎ、裸足の足に接吻しろと命ずると、彼は言いつけられたとおりにした。

それから、少年が先に立ち、二人は森を横切って上の方へ登っていった。彼は真面目くさって、「女王様に道を開けろ!」と叫んでいた。彼女は喜び、得意になって露払いさせながら、彼を恐がらせずにどんな突飛な遊びができるかと思案していた。

道の上にひき蛙がいるのが彼女の目にとまった。彼女は車を押している彼に、蛙のそばに近づけてほしいとたのんだ。彼女はやおらひき蛙の背中に杖の鉄の先端を突きたてると、砂利道に串刺しにした。ぺしゃんこになった蛙は脚をばたばたさせた。パトリシアの顔に残忍な喜びが浮かんでいた。

「残酷ですね」と、旅の男は言った。「生き物をいじめるのが好きなんですね」

「ちがうわ、殺すのが好きなのよ。解放してあげるような気がして。生きているって、馬鹿げたことですもの。この憐れな蛙だって、生きていてなんになるかしら？」

澄みきった水が石の上を飛び跳ねながら、歌い、渦巻いて流れる小川の畔《ほとり》の、古い鍛冶場のそばに辿《たど》り着くと、二人は立ち止まってぼんやり物思いに沈んだ。

「口笛、吹けて？」と、パトリシアは訊いた。

「ええ」そう言うと、彼は〈月明かりのもとで〉を吹き始めた……

「いえ、そうじゃないの、こうよ」

彼女は呼び声のような五つの音を吹いた。三つは順に上がる音、二つは下がる音を。

旅の男は真似して、最初はへただったが、やがて力強く吹いた。

「きれいな音」と、パトリシアは言った。「それを聞くのが好きなの。おねがい、もう一度吹いてちょうだい」

彼女は今、丸くすぼめて皺を寄せた唇をおかしな格好に突き出しながら、一所懸命口笛を吹いている少年の姿を思い浮かべていた。

彼女が少年の真似をするが、少年は何度もやり直しをさせた。彼は丸めた口を指で示し、もっと熱心にやるように促した。しかし、彼女はどうしても笑ってしまい、そうなるともう、うまくいかないのだった。やっとどうにかできるようになると、彼は大喜びして、彼女の掌《てのひら》にキスした。

そして、彼は言った。

「きみと結婚したいな」

「あんたは、まだ小さすぎるわ！」

「そのうち大きくなるよ」

「そのうち！　そのうちって！　今すぐ大きくなれなければだめなのよ」

彼女は恐い顔をしてみせたかと思うと優しい顔をしてみせ、ほとんど底意地悪くからかいながら彼の体を摑まえて揺すぶり、そして突然、彼の口にキスした。

「もう、行って！」と、急に彼女は言い、すっかりしょげた少年を手で押しやった。「あんたは意地悪だわ。行って……もう二度と来ないでね！」

彼女がどんな考えを追いかけているのか知るはずのない旅の男に向かって、彼女は言った。

「でも翌日になると、あの子はまたも、わたしの新しい遊びの相手と意地悪の的になる覚悟でやってきたわ」

彼女は、思い出の中に埋もれた五つの音を口笛で吹いた。

「これがわたしからのシグナルだった。わたしのところに来ていいって許可を与えるために、これで返事をしたの」

彼女は、自分が馬に乗って、子供に手を差し出し、子供がその掌にキスをしている場面を思い浮かべていた。

「馬を曳《ひ》いてお伴するよ、女王様にするみたいに」

そう言って、彼はくつわに手をかけ、馬の前に立って歩きだした。ところが、彼女はその手を鞭《むち》で叩いて払いのけると、馬を駆りたて速歩で走り始めた。子供は走りながらあとを追いかけ、へとへとになりながらついていったが、「走るのよ、怠けもの!」と彼女が叫んでギャロップで走りだすと、もうそこで彼は力つきてしまった。そして、彼女が葦の中に姿を消すと、地べたにへたへたと座り込んで、両腕に顔を埋めて泣きだした。


彼女は過去に向かって微笑みかけていたが、旅の男はまだ判断がつかないでいた。

「あの子はとても親切だったわ」と、彼女は呟《つぶや》くように言った。

二人は城館の方へ登っていった。

フラン氏が心配そうに門口のところで彼らを待っていた。彼はパトリシアに、誰が口笛を吹いたのか訊ねた。彼はその口笛がきらいだった。

「あの口笛にはもう我慢がならない」と、うろたえ顔で彼は言った。

パトリシアは思い出を話しだした。

「あの子はお花や、花束が好きだった。わたしはあの子の趣味に、どこか甘ったるい、女の子みたいなところと、その一方に、どうもなにか、ぞっとする不吉なものがあることに気づいたわ。あの子が花を持ってきてくれるとき、そのうきうきした喜びようにほろりとさせられたけれど、でも、わたしとあの子の間には、いつも不吉なイメージが割り込んできた。お花が棺の上で萎《しお》れたり、お墓の上で腐っていく様子がありありと見えたの。

人には宿命というものがあって、この幼い友達はこの世に永らくとどまることのできない定めなのだという考えが、わたしの中でしだいに大きくなっていったわ。あの子がひ弱で、命の危険にさらされているとわかると、いっそう可愛くなって。指で赤ちゃんのひよめきに触《さわ》ってみたくなる人がいるけど、それと同じような誘惑に駆られたものだわ。もうじき死ぬと考えると、あの子がますますいとしく思え、心惹かれるようになった。あの子に、姉のような想いとばかりいえない想いも抱いたし、あの子のせいで常軌を逸した想像にも耽《ふけ》ったりして、そのことでわたしは自分を咎めたわ。挙げ句の果てに、ときによって、あの子を激しく憎んだり、猛烈に傍にいてほしいと思ったりするようになったの。あなたに告白するけれど、あの子はすべてを焼き尽くすような炎をわたしの心の中に点《とも》したんだわ。

或る日——なんの悪魔に唆《そそのか》されてか——わたしは線路の近くに行って、周りをぶらぶら散歩したの。他の場所に通じているこのぴかぴかのレールに、わたしはいつも魅せられたものよ。土手に花が咲いていて、わたしは小さな相棒に、それで花束を作ってちょうだいって言ったの。あの子は言うとおりにしたわ、わたしによく思われるのがうれしくって。急な斜面をあの子が小さな山岳山羊《シャモア》のようによじ登るのを見るのがわたしには面白くて、それで、好きな花が咲いている場所をいちいち教えたわ。『あそこ、あそこ……』って言って、しかも、だんだん難しい場所を指差して。

あの子の善意がかえってわたしの要求を掻きたてることになって、一所懸命やってくれればくれるほど、さらにもっとわたしは要求していったの。

残酷だったわね、まだとても小さかったし、涙ぐましいほど誠意に満ちていたんですもの。ところがわたしは、あんまりあの子が器用でおまけに愛らしい動きをするものだから、それに見とれて、自分のところに戻ってきてほしいと思わなかった。そしてもう、あの子がたまらなく可愛くなってしまって、逆にそれが恐くて、彼をそばに来させないようにしたくらい。わたしはあの子を警戒しなければならなかった、結局、わたし自身をだけど。それでもう一度、あの子に無理なことを要求したわ。あの子はわたしににっこり笑ってみせたけど、突然、身を滑らし、敷き砂利の上に落っこちて、そこで意識を失ったままになったの。わたしは、あの子をすでにわたしの運命とは無縁のものとして眺めて、彼のところへ走っていこうなんて考えなかった。

このとき、汽車が突然やってきたの……この時間に汽車が通ることを知らないわけじゃなかったわ。わたしは目をつぶった……子供は可哀相に無残に轢き殺されたわ。あの子の死はわたしの責任だった。きっと、わたしは心の中でそれを願い、望んでいたんでしょうね……

わたしはこの出来事に激しい興奮を覚え、急にものすごい快感が襲ってきて腰が動かなくなったの。両脚が利かなくなったのはそのときから」

旅の男はじっと話に耳を傾けていた。そして訊いた。

「で、それは今から何年前のことですか？」

「十年前」パトリシアは呟くように言った。

「あなたはその惨事を避けるために、なんの手も打てなかったんでしょうか？　だって、その子供の近くにいたんですから。おそらく、ちょっと救いの手を差し伸べてやるだけでよかったんじゃないでしょうか？　人がときに火遊びをすることがあっても、普通は事故を抑えることができるものですが」

パトリシアの顔が強ばった。彼女は本当に起こった、そのままの場面を思い浮かべていた。


「戻っていらっしゃい」と、彼女は言った。「落っこちるわよ」

そう言うと、男の子は下の方から、上にいる彼女の方に向かって戻ってきた。ワイシャツの中に花束を滑り込ませていた。勝ち誇ったようににこにこしながら、四つん這いになってよじ登ってきた。

「すてきよ、可愛い動物ちゃん、身軽なのね。大好きよ」

彼女は膝をつき、地べたに寝そべって、顔を自分の方に向かってのぼってくる顔に近寄せた。

彼女は少年の額と唇を優しく撫でた。そして、ワイシャツの襟刳《えりぐり》の中から花束を取ろうとした。

そのとき、彼女は汽車の汽笛を聞いた。とたんに、彼女の考えが一変した。彼女は日頃の誘惑を決定的に追い払わなくてはならなかった。彼女は身をすり寄せた少年を押しのけ、静かに、それから荒々しく押しやり、そして突然、のしかかるようにして、うしろに突き飛ばした。彼は叫び声もあげずに転がり落ちた……

そこから遠くないところで、フラン氏が一部始終を見ていた。「事故だ」と、彼は言った。「事故なんだ」

彼女を説得するかのように。これからどういう態度を取ったらいいか彼女に言い含めるかのように……

パトリシアは両手で顔を覆った。

「たまらないわ！」と、彼女は言った。「心の中に恐ろしい思い出を持ちつづけなくちゃならないなんて！」

「苦しむのはばかげてます。悔やんだり、自分を責めたりしたってなんの役にたつというんです？　過去なんか、雑草をむしり取るようにむしり捨ててしまわなくては……」

「でもわたしは、過去を引きずっているわ」と、パトリシアは病んだ脚を示しながら呟くように言った。「このあいだの、醜悪な体を引きずっているひき蛙みたいに。あのひき蛙は、惨めに生きていてどうなったというの？」

しかし、旅の男は優しい顔で彼女を見つめていた。それから彼女の傍に跪《ひざまず》き、掌にそっとキスをした。

「パトリシア、あなたは美しいけど、悲しそうな顔をしている。美しいだけでいることはできませんか？」

旅の男はパトリシアの脚に触り、くるぶしを優しく撫で、機械的に靴の紐を結びなおした。

彼女はずっと昔の場面を頭に思い浮かべていた。そこでは死んだ子供が同じような役割を演じていた。

「わたしは女王よ、わたしの脚に接吻しなさい」

すると、彼はそうした。

「足の先に接吻しなさい……」

「ほんとに妙ね」と、彼女は微笑を浮かべながら言った……

しかし、彼女はそれ以上説明はしなかった。再び重苦しい顔に戻り、ただこう言っただけだった。

「死んでしまった希望と縁は結びなおせないわね」

「常に新しい希望を持たなくてはだめですよ」

彼は彼女の前に立っていた。彼は彼女の両手を取り、揺すぶり、彼女に微笑んでみせた。

「さあ、パトリシア、過去を消し去ってしまわなくては」

「ありがとう。でも、なぜこんなふうに不安になるのかしら？　いったい、なぜあなたはここにやってきたの？　あなたが帰ってしまったあと、わたしはどんなに一人ぼっちで寂しくなることかしら？　どんなに退屈に、どんなに癒しようのない苦しみにみまわれることかしら？」

彼は彼女の肩を摑み、優しく揺すぶった。

「いや、そんなことはありません！　なにもかも変わります。じきにわかりますよ」

彼はポケットからハンカチを取り出し、彼女に目隠しをした。

「わたしに任せてください。これは未来へのパスポートなんです」

彼女は半ば信頼し、半ば不安な気持ちで微笑んだ。

彼は前にしたように彼女を両腕に抱き上げると、そのままゆっくり前へ進んでいった。

パトリシアは考えていた、（花嫁みたいだわ……）。教会の中にいて、結婚行進曲を聞いているような気がしていた。旅の男が彼女といっしょに内陣を進んでいく姿が目に浮かんだ。彼ら二人きりだった……

旅の男は立ち止まった。彼は線路の上に張り出した欄干にぴったり身を寄せていた。彼はふーっと強く息を吸い込んだ。

「疲れたでしょ」と、パトリシアは呟くように言った。「重すぎるようだったら、下に下ろしてちょうだいね！」

しかし彼女は心地よかった。男の首に頭をもたせかけ、彼の匂いを嗅いでいた。この状態がいつまでも続いたらいいと思った……

遠くの方に汽車の汽笛が聞こえた。

「汽車だわ」と、パトリシアは身を守ろうとでもするようにちょっと手で仕草をしながら、呟いた。

「汽車なんか、これを最後にきっぱり忘れましょう」と、旅の男は安心させるように言った。

彼は彼女とともに歩道橋の上を進んでいった。

「どこに行くの？　敷き板の音がするけど。線路の上の歩道橋を渡っているのね」

彼は黙ったままさらに数歩進み、それから命令するように言った。

「ぼくにキスしなさい」

彼女は躊躇なく、まず頬に、ついで口にちょこんとキスをした。

「汽車の音が聞こえるわ」と、パトリシアは言った。

「あの音から解放されて、もう聞かないですむようにならなくては、永遠に」

彼は抱いている女を愛情に満ちた目で見つめ、ぐっと強く抱き締めてから、まるでなにかの犠牲として祭壇の敷石に下ろそうとでもするように、手摺《てすり》の上に彼女を差し上げると、虚空に向かって手を離した。

パトリシアは長い叫び声を上げて落ちていき、線路の上に叩きつけられた。

旅の男は歩道橋の上から、身を乗り出して覗いていた。汽車の汽笛が聞こえた。

フラン氏は銃を持って中庭に辿り着いたが、なにがなんだかわけがわからないでいた。

「事故だ！」と、旅の男は叫んだ。

汽車がこの瞬間、下を城館沿いに通り過ぎ、その轟音がすべての音をかき消した。

パトリシアの体が車輪の下に消えたのを見て、旅の男は目を離した。

フラン氏は頭が混乱して、空の車椅子に身を寄せかけていた。彼は旅の男を見つめていた。だが、はっきり見えなかった。列車の煙で見えないのだろうか、彼の目が曇っているのだろうか？

彼は銃を構えた。しかし男のシルエットは歪み、希薄になり、消え失せた、ちょうどくっきり映しだされた映像がスクリーンからずれると、ぼんやりした明かりの影でしかなくなるように。

彼は、板のがたがた躍る歩道橋の上を誰かが走っていく音を聞いた。それは今や一人の子供の姿となり、やがてその姿は、雑木林の中へと消えた。この子供に、彼は見覚えがあった。

安全な場所に逃れ、姿が見えなくなると、少年は口笛で例の五つの音階を二度吹いた。

遠くで、汽車がカーブに近づきつつあった。汽車も汽笛を鳴らした。同じ音階、同じシグナルの音を鳴らした。そして、その鋭く、ぞっとする音階がフラン氏の頭の中に雷鳴のように飛び込んできた。

彼は欄干へ走っていって身を乗り出したが、目にしたものに頭が錯乱し、思わず反対側へ飛び退《の》いた。

銃は手から滑り落ちていた、彼はその場を逃げだし、湖に向かう斜面を一目散に駆け下りていった。彼は声をかぎりに叫んでいた。「パトリシア……パトリシア……」

謎の情報提供者

だが、猜疑心がじきにまた彼の心にきざし始めた……

レオ・ペルッツ

七時だった。日が暮れ始めた。階段からコーヒーの香りが昇ってきた。浴槽の蛇口から滴《したた》り落ちる水滴が、規則正しい音をたてていた。

パスカル・アルノーは窓辺に行って外を眺めた。雨が降っていた。通りの車はすでにライトを点《とも》していた。一人の男の子が、さしている傘が大きくて、ときどき立ち止まっては走っていた。と、子供は無謀にも歩道を飛び出し、危うく車にはねられそうになった。車がキーッと音をたてて止まった。子供の姿が、眺めているこの暇人の視野からそれて、見えなくなった。アルノーは、まるで恋人になったかもしれない人を失ったみたいに、ちょっと淋しい気持ちになった。

彼は窓を離れ、花模様のクレトン地を張った肘掛椅子にどっかり腰を下ろした。元気が出ず、落ち込んだ気分になっていた。退屈で死にそうだった。海辺での滞在が神経を回復させてくれるはずだったのに、逆に神経を痛めつける結果になった。一週間は長かった。いつも金曜日の晩にアンドレが彼のもとにやってきて、日曜日までいてくれるのだ。彼は妻なしでは退屈でやりきれなかった。いつも誰か傍にいてくれることが必要だった。彼は——健康の時でも——絶えず手を握っている相手がいなくてはならない類《たぐい》の人間なのだ。

　今夜は環境を変えて、いつもと違う人たちの顔を眺め、このペンションに数週間の予定で静養にきている、いくぶん色褪《いろあ》せた常連たちから逃げ出したいと思った。宿の食事も、サーヴィスも、また全体の管理についても文句のつけようはなかった。だが、宿屋住まいというのは、なにかわびしく、陰気で、気が滅入るものなのだ。おまけに、一人きりとなればなおのことだ。女が一緒でなくてはとても耐えられない。しかもそれだって、そういう、女を望む気持ちがあってのことだ。彼は、自分の欲していることがなにか正確にはわからなかった。もっとも、だからこそ静養にきているのだった。

　決心が変わらぬよう、彼は急いで外に出ると、港町の通りを散策しに行った。港町は漁閑期にはとりわけ、幻想的な、ちょっとばかり秘密めいた性格が一層際立って見えるものだ。

　公園から港に通じている商店街を、彼は、立ち並ぶバーや小さなレストランを眺めながら、気に入った場所を探してぶらぶら歩いた。〈パイロット〉という店の人目を誘うディスプレーと、入口に貼り出してある値段表が彼の気を引いた。そして、そのコーカサス風の串焼きを見ると、その前に釘づけになった。これは大いに彼のお気に召した！　いや、実際彼は、奮発してそいつを注文してやろうと思った。そう決心すると、彼は自分がすっかり陽気に、幸せな気持ちになり、別人になった気がした。

　中へ入っていった瞬間、ふと彼は、まるで遠くから名前を呼ばれたような、今まで味わったことのない或る感覚を覚えた。ついた席の隣のテーブルで、中年の男がスープを飲んでいた。

男は下品に吸い込みながら音をたてて飲んでいたが、それがとてもおいしそうなので、最初はいやらしく思っていたパスカルも、しまいには男に親しみを覚えてきた。最後の一口を飲み終えると、見知らぬ男は手の甲で口を拭《ぬぐ》い、一息入れるためにちょっと息をつくと、周りを見まわした。彼の目が新しい客の目と合った。そこで、パスカルが愉快そうに訊いた。

「おいしかったですか？」

「すばらしくね」

彼は今や、多少気詰まりな様子をみせながらもうちとけたように笑っていた。座っているところから判断するかぎりでのことだが、でっぷり肥った男で、薄いわりにはまだ黒い髪がこめかみと項《うなじ》のところでカールしていた。黒みがかった褐色の、きらきら輝く陽気な目をしていた。二人は話を始めた。最初は〈パイロット〉の料理の素晴らしさ、そして風や雨など天候のこと、最後にそれぞれ自分のことを。人は自分の話を、それも見知らぬ他人に話して聞かせるのがたまらなく好きなように出来ている。見知らぬ他人は、知ったところでしょうがない秘密を聞いたまま消え去ってくれるからだ。

デザートを注文する頃には、二人の会食者はすっかり意気投合し、同じテーブルに向かい合って座っていた。会話は映画をめぐる話になった。パスカル・アルノーの相手の男、メッツァー教授――彼はそう自己紹介した――は、この世界のことに通じていた。いろんな若い監督のことや、彼らの努力に金銭的援助をする必要性や、実験映画の競争の重要性とまた虚しさといったことについて、彼は話した。

パスカルは、自分の妻は映画批評をやっており、アンドレ・アッシュの名で、週刊誌〈ジャルダン・ドゥ・ラ・ファム〉の映画欄を担当していると言った。

「アンドレ・アッシュ！」と、驚いた教授が愉快そうに言った。「彼女なら知ってますよ。非常に才能のある人だ。素晴らしい批評眼を持っている」

パスカルはすっかりうれしくなって、いち早く札入れから写真を取り出していた。にこやかに笑った、まるで喜びいっぱいといったアンドレが、わずかに乱れたブロンドの髪を両手で整えていた。実際よりやや美人に写った魅力的な写真だった。

「そう、たしかに彼女だ」と、メッツァーは言った。「本当に、感じのいい人ですな」

「じゃあ、ご存じなんですね。会ったことがあるんですか？」

「なんども。〈トラヴェリング〉でちょいちょいお目にかかっていますよ」

「〈トラヴェリング〉？」

「ジャーナリストや役者や映画人が集まるちっちゃなバーですよ。ときどきわたしも行くんです。とても愉快な連中でしてね」

パスカルにはさっぱりわからなかった。彼は黙って考え込んでしまった。妻はその場所のことも、それ以外の場所のことも、一度も彼に話したことはなかった。もっとも、彼女が仕事のあとで友人たちと会おうと、どうということはないだろう。彼だって、普通の時に、一日、二日の予定で隣の国のルクセンブルクまでちょいちょい遊びにいくのだ。彼にしても、そんなささいなことで滅入る必要はないのだ。だがそうは言っても、彼に口を閉ざしていることがあるというそのことが、彼には意外だった。それはアンドレらしくなかった。

「なにか急に心配ごとでもできたご様子ですが」と、教授は言った。「わたしがなにかへまなことを言いましたかな？　そうでしたら、まことに申し訳ありません」

「どうぞご心配なく」と、パスカルは言った。「こうしてむりやり静養させられていることや、主治医の命令に従って仕方なくやっていることをいろいろ考えていたんです。いちいち、疲れたり喜んだりした数を数えなくていい普通の生活が懐かしくて。自分一人で考えごとなんかしないですむ生活が」

　舌が喉に貼りついていた。日光と風に曝《さら》されて傷《いた》んだ石壁のように、彼の中でなにかが崩れ始めた。一つの石が外れ落ち、次いでまた一つ、そしてだんだんと穴が拡大していった。アンドレがつまらないことであれ、隠し事をしていたという想いが、彼の心をちくちく突き刺し、心の中で次第に大きく広がっていった。

　彼は顔に浮かんだ惨めな表情を両手でちょっとの間隠していたが、それから、やおら立ち上がると、疲れてきたし、休みたいからと言って、心配と不安を呼び覚まされる結果に終わった差向かいのおしゃべりを切り上げることにした。

「毎晩ここにおります」と、メッツァー教授は慇懃《いんぎん》に言った。「またお会いできるのを楽しみにしていますよ」

「わたしも」と、パスカルは請け合うように言った。

　しかし、本当はそうではなかった。この男は彼の今宵のひととき、ここでの滞在、そしておそらくは彼の一生をだいなしにしてしまったのだ。彼は不意に、この世に敵ばかりいて、彼を誑《たぶら》かそうとし、彼にいつも警戒心を抱かせ、絶えず猜疑心に脅かされて暮らすようにしむけているという気がした。おそらく悪意があったわけではないだろうし、いずれにせよ、あんな話をでっちあげる理由はまったくないのだからと思いながらも、彼はこのメッツァーを恨んだ。

翌日、アンドレが到着した。彼女はいつも、週末を過ごしに金曜の晩にやってくるのだ。パスカルは彼女にのっけから訊きただすより、話をしているうちに機会を捉まえて訊いてみようと心に決めていた。しかし、そういうきちんとした意図もすぐにぐらついた。にこやかで、優しそうな彼女を前にしてテーブルについたとたん、パスカルは自分の顔が強ばるのを感じた。もう我慢できなかった。彼はかなり愚かな切りだし方をした。

「これから質問をするけど、率直に答えてほしいんだ」

彼は彼女の目をじっと見つめていた。表情は変わったが、彼女は彼の視線を受け止め、笑顔を保っていた。

「また、どうかしたの?」

「つまり……つまり……きみ、ときどき〈トラヴェリング〉に行くの?」

「なに、それ?」

「映画関係の連中が集まるビストロだよ」

「たしかにそういう店はあったと思うけど。でも、どこにあるのか知らないわ、それに一遍も入ったことなんかないわ」

パスカル・アルノーは、とたんに強ばった顔が弛《ゆる》み、うしろに身を反り返らせた。

「いや、もちろんさ！　そうだと思っていたよ！……」

アンドレは当惑し、ちょっと不安そうな顔で彼を見つめていた。

「いったい、それなんの話なの？」と、彼女は訊いた。

彼は、このことについてかいつまんで説明し、不安な気持ちでいたことも包み隠さず話した。彼女の答えがすぐに彼を安心させた。明らかにそれは相手の思い違いだった。連中はほんとにいいかげんなんだから！　と、彼女は断言した。この件は、最後は笑って片がつき、二人は結局、素晴らしい夜を過ごした。

「あなた、とっても体の調子がいいみたい」と、アンドレは言った。「穏やかに、楽天的な気持ちでいてちょうだいね。月末までには、きっと仕事が始められるわ」

土曜と日曜の二日間は、和《なご》やかに、ほとんど幸せな気分のうちに過ぎたが、しかしあっという間に過ぎ去った。この季節にしては、天気は荒れず、平穏だった。アンドレを駅に送っていったときには、穏やかな晩になりそうだった。風は止《や》んでいた。周囲の大気が不思議に心地よかった。二人は地平線に沈む太陽は見なかったが、空は一面夕映えに染まっていた。シクラメン色の紫、オレンジ色、赤銅色が混じり合い、おぼろな明かりとなって海面に反映し、静かな水面をきらめかせていた。

妻を列車に乗せると、パスカルは、メッツァーに会って事情をはっきりさせるために、脇目もふらず〈パイロット〉へ向かった。メッツァーは腹を突き出し、そっくり返って食前酒を飲んでいた。それがかなり感じの悪い、横柄《おうへい》な態度に見えた。パスカルはまるで待ち合わしていたかのように真っすぐ彼の前にいって座ると、勝ち誇ったような口調で話しだした。

「今家内を駅まで送ってきたところなんです。ところで、彼女にわれわれの会話のことを話したんですけどね。あなたの言う〈トラヴェリング〉には一遍も行ったことがないって言うんですよ。そういうわけで、どうやら勘違いのようですよ」

彼は得々とした満足そうな顔で相手を見つめたが、相手は疑わしそうな笑いを隠しきれなかった。

「あんなことをお話しすべきじゃありませんでしたな」と、メッツァーは言った。「あの晩、あなたが帰ったあとでもう一度考えてみたんです……お話しすべきじゃなかったんですよ……本当にすまないと思っています。でも、あなたの奥さんのお名前とそれにお顔はわたしには非常に馴染《なじ》み深いものだったし、奥さん自身も店の常連みんなととても仲よくしていましたから、本当にあのとき、ちらっとだってわたしに悪意の閃《ひらめ》く余地はなかったんですよ。しかし、こんなことはみな、まったくどうでもいいことです。もう、この話はよしましょう、どうです？」

「いや、いや、そう言わずに、もっと話しましょう」と、パスカルは言い張った。

彼は超然と気にかけないでいたいと思ったが、しかし、ほんの微《かす》かに底意地悪い感情が頭をもたげ、顔が強ばるのを感じた。「ちょっと家内をからかってやろうと思って……」

「どうしてもですか？」

「ええ、そうすれば家内も、わたしの体の状態が良くなったのがわかるでしょうし、鬱病の初期の時みたいに、もう陰気な無気力状態に落ち込んでいないことがわかるでしょうから。考えごとも長く続けられるし、すぐに疲れたり飽きたりして途中で放棄しちゃうようなことも、もうないって」

教授はそこで、新たに詳しいことを彼に話して聞かせてくれた。それはたしかに致命的とまではいかなかったが、やはりそれでも多少ショックだった。アンドレはどうやら、愉快で、口の応酬が達者で、しばしば色っぽい態度も見せ、遠回しな仄《ほのめ》かしが好きで、下卑た話に恥ずかしげな素振り一つ見せずに大笑いするといった、そんな振舞いをしているらしかった。また、店にやってきては、彼女にキスをする若い男たちも一人や二人ではなかった。それは日常の親密な挨拶だった……

パスカル・アルノーは平然とした顔で、人間の二面性や隠し事の欲求、禁断の樹の実の味わいや冒険の逸楽などについて冗談を言った。ところが晩になって、いったん一人きりになると、アンドレが隠し事をしているという考えが頭から離れず、胸苦しい気持ちになるのが自分でわかった。たとえそれが大したことでなく、二人のお互いの感情を本当に傷つけるものではないにしてもだった。きっと彼女は、彼に不安や心配を起こさせないように気遣って、人に会った話もいくつか隠して黙っていたのだろう。だが、彼がその件について話したときに、彼女自身がそれを隠した方がいいと思ったこと、しかもあんな類の勘違いや、うっかり言った言葉に彼女が大声で強く否定したことが、今になって、なにかそこに異常な、厄介な、つまるところ疑わしいものがあるように思えてくるのだった。信頼と疑惑の間を揺れ動きながら、パスカル・アルノーはアンドレとともに味わった幸せな日々を思い出し、ほろりとした気持ちになった。彼は倦むことなく、もうじき自分の妻になる女の小柄な裸体を初めて抱き締めたときの瞬間、そのときの彼女の若々しさ、優しさ、従順さを、胸を刺すほど鮮明に思い浮かべ、追想するのだった。それにまた、彼女の親切さと忍耐強い心とを。彼女はもう何年にもわたって、親切と忍耐とで彼を包んでくれたのだった。ところが、今日になって、その行動面で彼には未知のアンドレ、彼の手から逃れ、彼を一人置き去りにしているようなアンドレがいたことを知らされてみると、彼は信じられないほど暗い気持ちになってくるのだった。しかし、彼は気をとりなおし、理性の声に耳を傾けた。こんなに悲嘆するのは間違いだ。家内にしたって、もう昔のままの彼女ではない。彼同様、円熟した歳になっているのだ。生活が、肉体的にも精神的にも二人を少しずつ変えているのに、二人ともそれに気づかないでいるのだ。彼はまた、憂鬱症になる以前に、何度も彼女を裏切ってみたい気持ちになったことを思い出した。だが、どの女を相手に？　彼は、本気で誘惑に駆られたことは一度もなかった。いつもぼんやりした形であって、インド旅行をしようと計画を練りながら、その計画を実行に移すことは決してないとわかっている人のように、頭の中で楽しんでいただけだった。

その週は狐疑逡巡《こぎしゅんじゅん》のはてしない繰り返しのうちに過ぎた。疑問の解明を断念したかと思うと、また明確にさせたいと思うのだった。それも、必要とあれば、面倒ないざこざを起こしてでもそうしたいと思った。何度も、妻に電話をしかけたり、手紙を書きかけたり、健康状態を口実に、彼女を緊急に呼んでもらいかけたりした。

アンドレがまた訪れてくる時、そして――パスカルの心の中の――白黒はっきりさせる決算の時がきた。彼はゆっくり待っていられず、妻が列車から降りたとたんに問い質した。彼女は彼に本当のことを全部言っていない。情報提供者からあののち、さらに細かな事実を教えられたが、それは彼にとってひどく戸惑う不快なものだった。お願いだからもう包み隠さずに話し、あくまで隠し通そうとするのはやめてくれないかと彼女に頼んだ。彼は説明を待った。アンドレはこれを聞いてひどく反発し、語気まで荒らげた。

「こんなことは終わりにしなくちゃ」と、彼女は辛い日々を送っていた頃の声で言った。「その、わたしのことであなたが怒るようにしむけている男にぜひ会って、あなたをそっとしておいてほしいって言ってやる。虚言症のその悪辣《あくらつ》な奴をとっちめて、わたしと知り合いじゃないことを証明してやらなくちゃならないわ。そいつが、わたしに一度も会ったことがないってことをね。すぐにその男を見つけに行きましょうよ」

二人はやがて、ひどく昂《たかぶ》った気持ちで〈パイロット〉に入っていった。いつもメッツァー教授が陣取っているテーブルには誰もいなかった。アンドレは待とうと言った。結局無駄だった。そこで、説明を聞き損《そこ》ねた落胆で心も重く、二人は宿に戻った。だが、アンドレは優勢に立っていた。彼女の断固とした態度がパスカルの苛立ちに打ち克ったようだった。

翌朝、煙草を買いに出たとき、パスカルはふといやな感じがした。野菜や林檎《りんご》や胡桃《くるみ》を満載した手押し車のうしろにいる田舎者の八百屋が、彼に教授の体の輪郭と風貌を思い起こさせたのだ。しかも、まさに同じ目だった！　おまけに男は、彼にちょっと意味ありげな合図をしてみせた。パスカルはそこに警告の合図を感じ取った。彼は、その場にじっと立ちつくしたまま考え込んだ。いや、つまり、考え込んでいるつもりだったのだ。というのも、宿命の力がすでに彼を捉え、彼の運命はもはや彼の思案をまったく必要としていなかったのである。行商の男に言葉をかけようと思ったときには、相手は一団の客に取り囲まれていた。彼は、話を交わさなくてすむ口実を見つけてほっとした。

その日もだいぶあとになって、あれ以上もうなにも話さないアンドレと土手の上を散歩しているとき、彼は一人の背の高い女が自分たちの方にやってくるのを目にしたが、それがどうも知らない女でないように思えた。彼女の目は教授の陰気な目、そしてまた行商の男の目と同じ目だった。彼はその顔に、あの悪意に充ち満ちた顔、あのみせかけの善良さを認めた。彼の前まで来ると、彼女は彼の方に顔を向け、にやっと笑った。彼女はこう言っているようだったーー「あら、あの有名なアンドレ・アッシュなのね！　彼女なら知っているわ。よく会っているのよ……」

「あの女に気づいた？」と、パスカルは訊いた。「きみ、彼女を知らない？」

「知らないわ。なにか変わったところでもあるの？」

「いや、なにも。ある人間に似ているんだ……メッツァー教授に」

「そう！　そんな人間なんか忘れてしまったわ！」

教授の存在そのものも二人の前から消え失せてしまった。というのも、彼を見つけ出す探索も無駄に終わったからだった。

アンドレが発《た》つと、パスカルは再び妄想に取り憑かれ始めた。それもひどい取り憑かれようで、貸し馬車の御者とか、警官とか、尼さんとか、郵便配達夫等々、極めて思いがけない姿の中に、再び例の〈情報提供者〉の風貌を認めたように思うのだった。いつも同じ愛想のいい、偽善的な顔、同じ悪意に輝く暗い目を。この出会いが、きまった間隔を置いて数日間続いたが、しかしこの週の木曜には、パスカル・アルノーはもう我慢ができず、ブリュッセル行きの列車に乗って、妻が彼の知らないうちに仲間たちと会っているという例の店を探しに出かけた。彼はメッツァー教授から住所を聞いていた。まだビールの湿り気が残っているうちに、ボール紙のコースターに書き留めておいたのだった。

それは美術館裏の、人通りの少ない通りだった。番地は二一番地。ところが彼がひどくがっかりしたことに、そこに行ってみると、数多くあったビルが取り壊され、役所の機関が占めている人間味のない大きな建物が一つ、代わって建っていることがわかった。今は二一番地はなく、掲げられた一枚の表札に〈電信電話公団一九—二五番地〉と記されていた。彼の探していた小さな店は都市計画に吸収され、消化されてしまったのだ。

彼は途方に暮れ、落胆し、はかり知れないほど惨めな気持ちに陥った。これからどうしていいか決心がつきかね、右往左往しているうちにふと、通りの向う側で、店の戸口に立って彼のことをじろじろ見ている古道具屋の主人に訊ねてみようと思いついた。それは、ひどく痩せて青白い顔をした、自分を偽る老人の策略にほかならないあの極端なほど礼儀正しい物腰の、小柄な男だった。

「たしかに」と、男ははっきり認めた。「以前ここに、若い娘や、ジャーナリストや、芸術家たちがよく来る小さな店がありました。しかし、十年も前になくなりましたよ。そこばかりか、この一角全部が取り壊されましてね。あの古い家々には、どれにもきれいな庭がついてました。町の真ん中ですから、不動産の価値からすれば、これはもう大変なものでして。あのビストロのことはとてもよく覚えています。ウェイトレスが毎日午後にコーヒーを運んできてくれましたから」

「店の名前をまだ覚えていらっしゃいますか?」

「もちろんですとも、〈トラヴェリング〉といいました。どういう意味なのかはっきり知りませんでしたが。英語でしょうね?」

パスカル・アルノーはほとんど聞いていなかった。彼はその場所を眺めていたが、もはや〈トラヴェリング〉も、そこをしょっちゅう訪れた客たちも、彼らの恋も、野心も、苦労もまるきり跡形をとどめていなかった。

「なん年か前に、そこで事件があったのはご存じですか?」と、老人は話しだした。「まだ若い男でしたが、病身らしく、衰弱していましてね、それが、二、三人の友達と奥さんが話をしているところへ不意にやってきたのです。まったくやましい関係はなかったのですが。しかし、誰かがこの執念深い夫に知らせたらしいんです、ピストルを持って現われましたから。その男はなにも言わず、なにも訊ねず、いきなり恋敵だと信じ込んだ男に向かって銃を二発撃ちました。それから、外に出てきて車からガソリンの缶を取り出すと、大騒ぎしているみんなの目の前で、中のガソリンをそこらじゅうに撒き、家に火を放ったんですよ」

「なんてばかな！」と、パスカル・アルノーはそれでもいくらか感心して、呟《つぶや》くように言った。

「それで、その性急な処刑人はどうなったんですか？」

彼は、男があまりひどいことになっていなければいいと思っていた。その男が奇妙に身近に感じられたのだ。侮辱された夫が男らしい反撃を見せたということが、胸にじんときたのだった。

「完全に気が狂ってしまったと思います。あのときすでに半分おかしかったですから。なん年間か、精神病院に入っていたことは知っています。どこかの地方に今でも生きていますよ。それに、撃たれた男の人も。ほんのかすり傷でしたから」

「なんておかしな話なんだろう！」と、夢でも見ているようにパスカルは呟いた。

「どうもこれがみんな、或る見知らぬ男の動機のない悪意から生じたようでして、その男の人が夫に妻の行動について警告したり、いろんな機会を捉まえて、嘘か真か、妻の脱線について知らせたりしたらしいんです。どうやら理由もなく、そんなことをして、悪辣な楽しみを味わいながら、気の毒な若者の恨みと嫉妬を煽りたて、若者を追いつめたんですね。だからといって、すぐに人殺しをしたり、火を放ったりするというのは、ちょっと行きすぎに思えますが。

疑り深い亭主がみんな同じように振舞ったら、われわれはいったいどうなります？」

　パスカルは当惑を覚えながらも、思わず微笑んでしまった。

「それで、女は？」と、彼は訊いた。

「ああ、その女の人ですね！　その女の人は相変わらず男漁りをしていますとも！」

　小柄な老人は変に目を細め、ほとんど浮き浮きしたように、滑稽な口調でそう言った。そしてパスカルは、彼の話を聞いているうちに、相手の顔つきが変貌し、もう一つの顔がその顔に重なり合い、それにとって代わり、パスカルの見知った執拗な関心、邪悪な喜びがそこにありありと浮かび上がるのを見た。そう、それは常に違っていながら、常に同じな、彼を苦しめ苛《さいな》む悪魔的欲求を抱いた、まさに〈もう一つの顔〉だった。今やパスカルには、不快な質問をしかけてみる必要も、遠回しの言葉で罠をかけてみる必要もなかったろう。その両の目に輝く光は、彼の言わんとする、聞かせんとするすべてを端的に表わしていた……そうしてみると、これは永遠に続くのだろうか？

　パスカルは上着のポケットに右手を突っ込み、見当をつけて洋服越しに銃を撃った。

　弾は誰にも当たらなかった。なぜなら、そこには誰もいなかったからだった。通りは、両側に最近建った大きな役所のビルが並び、がらんとして人っ子一人いなかった。微かな煙が彼の服から立ち昇っていた。だが、殺風景な建物の入口の扉のガラスに、星形にひびの入った穴が二つ開いていた。彼はうろたえて周りを見回し、古道具屋と店を目で探したが、無駄だった。

どちらも消え失せていた。そもそも本当に存在したのだろうか？　その場所で彼の目に入るものと言えば、ただガラスとコンクリートでできた大きな〈近代的ビルディング〉と、もう少し先の、高い塀を巡らせた工事現場だけで、国債のポスターがべたべた貼ってあるその塀の上には、黄色の巨大なクレーンが、長い鉄の首を伸ばしていた。

「なんでもありません」と、気も静まり恥じ入ったパスカル・アルノーは、周りに群がり集まった人々に向かって、繰り返し言った。「本当です、まったくなんでもありません」

彼はすでに守衛に銃を渡していた。当惑しきった守衛は、真新しいきれいなガラスのところへ行き、そこに出来た円い穴を手で触《さわ》ってみた。

「さて、これからどうなる？」と、彼は考えた。「そして、アンドレは？　彼女はどんな態度をとるだろう？」

結局のところ、悪魔だけが――なぜなら、悪魔の意向次第だからだ――この結末がどうつくかを知っているだろう。

染《し》み

このことから、われわれが脆い存在であること、そして
ほんの些細なことにも命を失う存在であることが納得できるにちがいない。
ドクセンティルン伯爵（一七五四）

それは変にわくわくする、奇妙なゲームなのだ。単なる暇潰《ひまつぶ》しなのに、参加者たちの間に競争心と、それに一種の熱病のようなものさえ惹き起こすのだ。次第に速度を速めながら異様な形がつぎつぎにできあがっていくのだが、それを仕上げていくうちに、みんな、だんだん熱中してくる。その結果、ついには、誰もが紛れもない魔法の儀式に足を踏み入れていることに気づき、それが思った以上に重大なことだと悟るのだ。

ベッティーナのところで、あの楽しい晩餐会が終わって、客たちが帰ったあとに、どんな運命の悪戯《いたずら》からわれわれだけが残ったのだろう？　女主人のアトリエで、ブロンドとわたしは、大きなデッサン机の上に何枚かの白い紙を置いて、その上に代わりばんこに、多少技巧的に手を操りながら、墨汁の小瓶から、ビロードのように艶やかな墨をぽたぽたと、或いは筋を引くように滴《したた》らせていた。

そうしておいて、今度はその紙を二つに折り合わせ、墨が押し伸ばされて広がるように上から丁寧にじっくりと押さえつけ、それから開いて、偶然が提供してくれた驚くような図絵を、興味津々と、貪《むさぼ》るように眺めるのだった。

こんなふうに、こんな図柄をやすやすと生み出せるということは考えられないし、誰がなんと言おうと、人の思うほど他愛ないものではない、正真正銘の魔術的操作がここに関わっていると思えるのだ。

正直に言って、わたしはそれに魅了されながら同時にどうも居心地悪く、落ち着かない気持ちだった。それは、妖しく蠱惑的《こわくてき》なベッティーナが傍にいて、明らかにわれわれをゲームへ駆り立てているせいだったろうか？　それとも、ブロンドがいじらしいほど熱中しているせいだったろうか？　彼女はうまくやろうと懸命になっていて、しまいには指を真っ黒にし、おまけに、下を向くと髪が垂れて目が見えなくなるために、汚れた手でその長いほつれ髪をかき上げるものだから、額まで黒くしていた。或いはまた、おそらくアルコールを飲みすぎたために、われわれの身振りや笑いが特別な意味を帯びて見えたせいだろうか？

ともかく、なにか異常なことがわれわれの間に生じていた。それはいわば、暗黙の共謀といったようなものだった。そんなわけで、わたしはぼんやりとだが、ベッティーナがブロンドの意志を支配し、言ってみれば彼女を従順にしようと駆使している魔法に、自分も加担し、共謀しているような気がしていた。彼女を従順にしたところでそれをどう利用するかはっきり考えもしなかったが、しかしそれに成功しなかったら、まったく残念な気がしたろう。

ベッティーナは、指の先で若い女友達のふさふさした髪に微《かす》かに触れながら、その仕草を見ているわたしを見つめていた。それは単なる愛撫ではなく、愛撫以上のもので、呪《まじない》を掛けているとでもいうふうだった。そこには感情と官能が同時に入り混じった奇妙な悪意があり、わたしはそれにはっきり気づき、正直なところ、それをひどく面白く思っていた。そして、疑いもなく、ブロンドもそれを喜んでいた。彼女は無関心すぎるために、それに暗黙に加担していたのだった。

われわれの手の下から黒い染《し》みがつぎつぎと生まれていき、まだ湿った紙が、床や家具の上に広げられていた。そこには、前翅《ぜんし》のある、角の長く伸びた兜虫《かぶとむし》や、ぎざぎざの羽の蝶や、疣《いぼ》だらけのイシサンゴや、白い隙間が体の真ん中に奇妙な目を作っている不格好な怪物や、ごつごつした形の海綿や、名の知れない器官や、ぎざぎざの縁の貝殻や、砕けた蟹の甲殻などが見て取れた……

驚いたことに、当てずっぽうなやり方をしているにもかかわらず、ブロンドが作っている染みとわたしの染みとがひどくスタイルが違っていて、それというのも、こんな言い方ができるとすれば、二人の染みの系列に、それぞれ固有の主要な輪郭があるということなのだ。二人が計算や方法をまったく度外視してやっていながら、それぞれ無意識のうちに、自分の染みに、かなり容易に見分けのつく、自分独自の格好を刻みつけているかのようだった。

そんなわけで、ブロンドの染みには、なにか鋭い、咬みつくようなもの、刺のある植物とか、小蝿《こばえ》の類《たぐい》とか、全部刃を出したときのスイスのナイフを思わせる、肢と器官がいっぱいある昆虫とかが見られた。それに対し、わたしの染みは、闇の重苦しさが不吉な趣《おもむき》を醸《かも》し出し、一再ならず――それがわたしには少々薄気味悪かったのだが――ぼんやりと悪魔的な輪郭を帯びるのだった。

「またまた、悪魔なのね！」と、笑いながらブロンドは言った。一方ベッティーナは、想像が掻きたてる不安を静めるかのように、ブロンドの髪を撫でていた。そうして手を触れていて火花が飛び散らないのが——それほど、緊張した仕草だった——不思議に思えたほどだった。

しかし、わたしの方はしまいに飽きてしまった。肘掛椅子に座り、最後の一杯のウイスキーを手もとに置いて、二人の女の、言葉のない対話が終わるのを待った。

明け方の冷気でわたしは目を覚ました。デッサン机の上のランプはまだ点《つ》いていたが、日はすでに昇っていた。ブロンドはもういなかった。わたしを起こさずに帰ったのだ。ベッティーナの姿はすぐには目に入らなかったが、しかし彼女を目にしたとき、わたしはまるで桶《おけ》いっぱいの冷水を顔に浴びせかけられたように、はっきり目が覚めた。ベッティーナはわたしから数歩離れた床の上に横たわっており、すぐに重大な事態だとわかった。喉の根元の、肉の柔らかい部分に、深く抉《えぐ》られた、ぎざぎざの、真っ赤な恐ろしい切り傷が見えていた。これほどひどく切られれば、致命傷にならないわけはなかった。ゆったりしたブルーのドレスをまとって生気を失ったこの哀れな亡骸《なきがら》から、少しでも生きている兆候を引き出そうと懸命になったが、徒労だった。わたしが必死に揺すぶり、抱き締めたその相手は、もうすでにベッティーナではなかった。

わたしは彼女の傍に膝をつき、疑う余地のない事実にうちのめされながら、こんな悲劇の起こった状況や、間違いなくわたしより詳しく事情を知っているはずのブロンドが姿を消したことについて、あれこれと推測を巡らせた。すると、このときふと、ベッティーナの傷ついた死体から、床に点々と一筋の血の滴りの跡が続いているのに気づいた。わたしは逆光になる部屋の隅の、壁下の横木までその跡を追っていったが、そこに発見したものを、わたしは最初、染み、昨夜のゲームで出来た染みほど複雑ではないが、それに似た染みだと思った。それは大きな蟹にやや似た形をし、それればかりか——気づいてぞっとしたのだが——同じくらいの体積を持っていた。実際それは、一連の、脚と、鋏と、口と、吻管とを具《そな》えたいやらしい生き物と同じに、ずんぐりした形を見せていた。その硬さは、あの小さな液体石鹸の入ったビニール容器ぐらいの硬さだった。

縁がぎざぎざの形をしたこの弾力のある袋のようなものの先には細い髭が伸びており、その一本から、血が微かに滴り落ちていた。それればかりか、まるでそのいやらしい袋の中核に、醜悪にも一つの生命が脈打っているかのようだった。袋は足で踏み潰すには大きすぎた。それが邪悪な力を持っていることは疑いを入れなかったし、その全体の形が、ベッティーナの死の証拠の、あのぞっとする切り傷の輪郭にほぼ一致していたこともあって、わたしはすでにむらむらと沸き起こっていた激しい怒りを晴らし復讐心を満たそうと、なにか武器がないか周りを見回した。邪悪な生命でいっぱいに脹らんだこの染みから絶えず監視の目を離さないようにしながら、わたしは暖炉の上に、先の尖った細長いペーパーナイフを見つけた。その銀色の薄い刃は魔法のような怪しい美しさを持っているように見えた。わたしは身震いもせず、ナイフを摑んでそれにぐっと突き刺すと、袋はいっぺんに血——ベッティーナの血であることは明らかだった――を噴いて空になった。袋はほとんど一瞬にして体積を失い、厚みのない単なる形、ありふれた染みに返った。

これでわたしは気持ちがひどくすっきりしたが、そのあとベッティーナのことをまた思い返し、今になってはどうにも助けようがないことを、もう一度確認した。わたしは悲しい気持ちで、滑《なめ》らかな額をしたその美しい顔を愛撫したが、そこには、断末魔の苦しみにもかかわらず、一種神秘的な安らかさが甦《よみがえ》っていた。わたしはそれから広間に入っていって受話器を取り、警察に知らせた。そして台所に冷たい水を飲みに行ってから、アトリエに戻った。そこでわたしは運命的な衝撃を受けた……

数分前、血で脹らんだ染みを邪悪な生き物のように殺したその部屋の隅まで来て、わたしはブロンドの死骸につまずいた。それは目を据え、両腕を開き、子供っぽい顔を縁取るように髪が取り巻き、仰向けになって横たわっていた。

心臓の位置の、明るい色の薄いブラウスの上に、呪われた染みの黒いぎざぎざの跡があり、その真ん中にわたしの使ったペーパーナイフが根元まで深く突き刺さり、ブロンドの体を貫いて床に死骸を釘付けにしているのがわかった……

すでに外にサイレンの音が鳴り響いていた。わたしは警官を出迎えに階段を駆け下りた。

自分の指紋のことは、一瞬も頭に思い浮かばなかった……

変容

ああ！　いったいできなかったのか……

中国人がやるようにこの人間のわたしを豚どもの餌食にすることが？

ジョルジュ・フーレ

彼は洗面を終えたところだった。さっぱりした気分だった。顔を切らずに髭剃りもすんだ。頬と喉にアフター・シェーヴ・ローションをつけた。

バロック風の花模様の、金とグリーンの部屋着を着ると、すでに妻が朝食をとっている食堂に入って行った。

彼女が彼の方に目を上げたが、その目つきを見ただけで、彼の潑剌とした気分は消し飛んだ。彼は無言のまま、気まずそうに椅子に座り、彼のために出してあったオーカー色の陶器の大カップにコーヒーを注いだ。これだけの動作をしただけで、彼は急にひどく疲労感を覚えた。何年も前から生活を陰鬱にしている重苦しい雰囲気のせいで、彼はやる気をすっかりなくしていた。体力そのものが日に日に弱っていくような気がした。バターを塗って無理に少しパンを食べたが、じきに、スグリのジャムには手もつけずに、皿を押しやった。彼は見捨てられ、邪険にされ、反発できないでいる自分を感じていた。妻が敵意のこもった冷淡な口調で、「ジャムを残すの?」と訊いた。彼は返事をせずに、のろのろと立ち上がった。それから足を引きずるようにして、自分の部屋に戻った。

外は空気が乾き、冷え冷えとしていた。前日は雪だったのだが。庭は、凍てつく空の下でちょっとクリスマスのような雰囲気を漂わせていた。こんな身の引き締まるような乾燥した天気の中を外出する人間が、彼には羨ましく思えた。ほんのちょっと元気を出せば、彼も服を着替えて出かけていく決心がついたにちがいない。だが、その元気が湧《わ》いてこなかった。

彼の中でなにかが挫《くじ》けてしまったのだ。だから、なにをもってしようと、彼の気分を変えることはできなかったろう。彼は金とグリーンの部屋着を脱ぎ捨て、床に放ったままにして、ベッドの中に滑《すべ》り込んだ。横になっても、少しも満ち足りた気持ちになれなかった。頭は空虚で、心はわびしさでいっぱいだった。そのために、本当に体の具合が悪くなった感じがした。彼は左手首の脈を探り、それから右手首の脈を探ったが、うまく脈がとれなかった。手を心臓の上に当ててみた。鼓動は感じられなかった。そっと胸をさすってみたが、効果はなかった。不安が密《ひそ》かに彼の心に忍び込んできた。

不意にドアが開くと、妻が入ってきて、一言も言わずに部屋の奥へ行き、クロゼットからハンドバッグを取り出した。彼女は外出の服装をしていた。一言声をかけてほしかった。そればかりか、彼は妻と話がしたかった。しかし、彼女のこんな見下した態度に、その意欲も萎《な》えた。そうしている間に、彼女は、彼には目もくれずさっさと部屋を出ていった。

窓のところにピンクのヒヤシンスの花が置いてあり、淡いグリーンの表皮に包まれた茎が、園芸用の植木鉢にやや硬直したように伸びていた。ベッドに横になっているので、雲一つない青空の中に花がくっきり浮かび上がって見えた。それは古風な絵を思わせもし、シュールレアリスムの絵を思わせもした。通りに面する扉のばたんと閉まる音が聞こえた。妻が出ていったのだ。今や彼は一人きりだった。彼は、泣いて、自分をじっと縛りつけ気力を奪っている圧迫感から逃れたい気持ちだった。まるで自分が、うんとちっちゃな子供か、ひどく年取った老人になったような気がした。小さく体が縮み、無防備で、考えることも、まして自分で行動することもできないような存在に。左の耳の中にぶんぶんという唸り声が聞こえ、その耳の音が、ときおり物凄く大きくなり、家中が振動するほどまでになった。

整然と並んだ四羽の黒い鳥が、遠くの方からこっちに向かって空をまっしぐらに飛んできた。しかし、彼らは上空を通り過ぎ、彼の視野から見えなくなった。

心臓が再び大きく鼓動し始めていた。そのせいで背中が痛くなった。心臓はふくれ、今にも破裂しそうになっているに相違なかった。彼は、呼吸の苦しさを和らげるためにベッドに座った。今度は窓から、冬の朝の凍てついた澄明な空気の中に、梢《こずえ》を刈り込んだ柳が、歩哨の黒い影のように一列に並んでいるのが見えた。これらの枝が伸び、細い小さな葉が輝くように芽吹くのを見ることができるだろうか？

春はまだ遠かった。そして、彼は肩にのしかかるこのひどい倦怠感が不安だった。眠って、そのままもう目を覚まさないでいたかった。一人ぼっちで死んで、妻が帰ってきたとき、その不意の謎の死を彼女の目の前に突きつけてやりたかった。彼女はきっと、そんな彼の死に彼女なりの責任を感じるだろう。というのも、われわれは誰しも、他人の死についていくぶんかは責任があるからだ。彼は横になり、毛布を顎のところまで引っ張り上げ、死んだポーズを取った。

人生がこれほど愚かに虚しく思えたことはなかった。いったん死んでしまえば、彼の仕事や活動の結果から、いったいなにがあとに残るだろう？　誰がなおも彼のことを考え、彼の名を思い出し、彼の顔や声や目の色のことを思い出すだろう？　自分自身のために生きることを忘れ、家族のために闘い続けてきたなんて、馬鹿馬鹿しいかぎりだった。多くの貴重な年月が台無しになり、今や取り返しようがないのだ！……

彼はこんな絶望を味わいながら、持ち前の性質から大して悔みもしなかった。しかし、彼はもうずいぶん長い間、日常的な屈従の軛《くびき》に締めつけられ、身動きできないでいた。彼はかつての成功や歓楽のひとときをあれこれ思い起こしながら、なんとか抵抗してみようとした。

彼も昔はこんな男ではなかったのだが、妻の支配欲に逆らうことができず、次第にそれが彼自身の自発的な気力を打ち砕いてしまったのだった。

自分の愛した者たちの顔が、目の前をつぎつぎに通り過ぎていった。そこには、幼年時代の遠い彼方から浮かび上がってくる、久しく忘れていたと思っていた顔もあった。しかし、彼に微笑みかけている顔は一つもなかった。どの目にも、どの口もとにも、知りすぎるほど知っている険《けわ》しい、或いは冷ややかな非難の表情が表われていた。それは、目鼻立ちの違いはあれ、妻の非難がましい顔つきそのものだった。彼女はきっと、彼の思い出までも歪めてしまったにちがいない！　彼が愛し、また愛されもしたと思っていた者たちの誰もが、今、妻と同じわけ知りのような、心を見透かすような、過ちを見つけたといわんばかりな様子で、優しみも寛容さもつゆ見せず、心を閉ざしていた。ああ！　非難より恐ろしい冷ややかな沈黙。学校の生徒みたいに、こんなふうに見張られ、批判され、罰を受けることに、彼はもう耐えられなかった。できるものなら今の運命から逃げ出して、もう一度人生をやりなおし、家に火を放ってやりたかった……

なんと！　頭と体中に走るこの突然の苦痛はどうしたことだ。体が小さくなり、縮まり、皺んでいくこの感じは。

彼は、まるでだんだん小さくなっていく鋳型《いがた》に入れられ、今にも体全部が押し潰《つぶ》されて破裂しようとするような苦痛を覚えた。

突然ドアが開いた。妻が意気揚々と入ってきた。手袋を脱ぎ、険しい目つきで周りを見回した。彼女は言った。

「エドゥワールったら、どこ？」

それから彼女は急にベッドの方に振り向き、そこに青白い、苦痛に歪んだ陰険そうな顔の少年を見出して、顔を真っ赤に染めた。

「あんた、そこでなにしてんの？……だいいち、あんた誰なの？　さあ、そこから出なさいよ！」

彼女はかんかんになって毛布を剝《は》いだ。

「まあ、なんてこと、あの人のパジャマじゃないの！　まったく、あきれたわね！　エドゥワール、エドゥワール、もうこれっきりよ、どこにいるのよ？」

少年は嘲笑い、掛布《シーツ》を頭の上まで被《かぶ》った。

鼠《ねずみ》のカヴァール

暴露された彼の秘密など誰が知りたがるだろう？

アンリ・ミショー

「なにか音楽のようなものが聞こえるな」と、鼠のカヴァールは考えた。

無論彼の耳にはなにも聞こえていなくて、ただ心の中の夢想を追いかけているのだった。

老人は家の戸口に腰を下ろしていたが、先の尖ったほっそりした顔をしていて、そこにきょときょとと不安そうな、小さな黒い目があいていた。

なにか動作をする前には、巣穴の入口に出てきた齧歯《げっし》類《るい》の動物みたいに、忙《せわ》しなく何度も周囲を見回すのだった。たしかに、彼は鼠みたいに見えた。

彼は今、低い椅子にぐったり座り込んで、両手を脚の間に挟んだまま、地面に目を落とし、じっと考え込むようにして耳を澄ましていた。しかし実際には、彼はなにも聞いていなかった。

彼の目の前に、染《し》みだらけの壁面が高く聳《そび》えていた。鞣《なめ》し工場の建物の裏側だった。見晴らしをまったくさえぎる、陰気な建物だった。ところがこの壁面を眺めながら、鼠のカヴァールは或る種の満ち足りた気持ちを味わうのだった。それは窓のない壁面で、今ではもう何年ものろがけしておらず、湿気と老朽化のせいで表面が剝《は》げ落ちていた。だが、黴《かび》がいろいろの楽しげな形を作り、数々の不思議な模様を生み出しているために、鼠のカヴァールは、乏しい想像力を働かせ、樹や、山や、化物のような植物や、幻想的な形などをそこに見つけるのだった。目を細めながら、翼の生えたライオンとか、魔女とか、首を吊った人間とか、恐ろしげな突起を持つサボテン等々といったものを、思いのままに作り出した。不安や喜びを生み出すたくさんのものを。

彼は食事の残りとか、キャンディとか、フィッセルパンの切れ端とか、或いは棒パンらしきものをもぐもぐ食べながら、じっと座っているのだった。

「こんにちは！　カヴァール」と、突然背後で誰かが言った。

鼠のカヴァールはびくっとし、いそいで振り向くと、あわてて立ち上がった。

「こんにちは、こんにちは……」

それは家主のキルヒェンバウムだった。無愛想な、偉ぶった男で、外に出掛けていくところなのだった。カヴァールは日頃彼を恐れていた。カヴァールは道を空けた。

「遊んでいるのかい？」と、胡散臭《うさんくさ》そうな目つきで見ながら、キルヒェンバウムは言った。

「ひと休みしているんで」と、カヴァールは哀れっぽく言った。「実はね、音楽が聞こえたような気がしたんですよ」

「音楽だって！」彼は肩をすくめた。「こんな時間にこんなところで、誰が音楽なんか演奏するっていうんだね？　一日中、ぼんやり考え込んでいるより、カヴァール、うちの柱時計でもなおしてくれたほうがいいんじゃないかい」

「そうでした、そうでした」と、カヴァールはご機嫌を取るように言った。

彼はおどおどした、作り笑いを浮かべた。

「あの古時計は、本当に修理するだけの値打ちがあるでしょうかね？　骨折り損になりますよ、キルヒェンバウムさん、しかも時間がやたらにかかって」

キルヒェンバウムは返事もしなかった。うしろから浴びせかけられている無言の罵倒などには頓着なく、さっさと、悪い脚を引きずりながら遠ざかっていった。

カヴァールは時計屋だった。彼の本当の名前はキリル・カヴァルナリエフといった。だが、みんなは彼のことを〝カヴァール〟とか、〝鼠のカヴァール〟と呼び、彼もそれで気分を害することはなかった。もっとも、気分が良くなることもなかったが。というのも、数カ月前から彼の健康が衰えてきたからである。

哀れなこの男は、老人に特有のちょっとした困った癖があって、しばらく前から、実際彼は、ひどくはた迷惑な存在になっていた。いつも放心したように、ぼんやり考え込み、なんにでもびっくりし、腰を抜かさんばかりになる。さもなければ、今では誰の興味も引かない無味乾燥な子供時代の思い出話をとめどなくまくしたてて、人をうんざりさせるのだった。あいにく彼と言葉を交わすはめにでもなると、遠い不幸な祖国の昔日《せきじつ》のことごとが、どれもこれもどんなに素晴らしかったかという説明を、いちいち聞かされずにはすまなかった。

「わたしの若い頃、国では、秣《まぐさ》用のフォークの柄《え》はこんなふうにできてましてね……鵞鳥《がちょう》はこんなに肥らせましたよ……見ものでしたがねえ！　それに汽笛！　馬具！　それからキャベツのスープときたら！」

年寄りには敬意を払わなければいけないとはいえ、時には口をつぐませるために殴りつけてやりたい気持ちになるのもやむをえなかった。

彼は、昔は腕のいい職人だった。もっとも、今でも腕は衰えていなかった。専門は、仕事を始めた当初やっていたように、本当は錠前屋だった。もちろん！　どこにでもつけられて拳《こぶし》で叩けば一遍でふっとんでしまうような、管状の鍵を使う、四つねじでとめたどれもこれも代りばえのしない今どきの安っぽいちっちゃな錠前とは、似ても似つかぬものである。まるきり違う。注文で作る、精巧で、性能のいい、個人用の本物の錠前だ。そんな、しかもあらゆる型の錠前を彼は作ったのだった！　秘密の仕掛けがしてあって、こじ開けることができない、ひどく巧緻《こうち》な奴を。そのほか、喧《やかま》しい音をたてるので忍び込めない南京錠や、侵入者に一撃を加える掛け金や、周到緻密な練達の技師も真っ青になるような、とてつもない老獪《ろうかい》な器具を山ほど作った。

だが、そんなものはもちろん、みな過去のものとなってしまった！　今では、すべてが安直化している。それに、みんな貧しくなってしまったのだ。もう錠前や金庫なんか必要としていない。だいいち、なにをしまっておくというのだろう？　みんな、頭のなかにあるのは自分の胃袋のことばかりで、それ以外のことはなにも考えていない。宝物の時代はもう終わったのだ。こんなわけで、客のいなくなった鼠のカヴァールは、別の仕事を見つけなくてはならなかった。

器用で努力家の彼は、すぐに腕のいい時計屋に商売替えできた。だが、仕方なくだった。信念があってのことではなかった。置時計や柱時計なんていうものは、たしかに、なんとも言いようのないくだらないものだ。まるで籠のなかの動物みたいに、ただ単調に、果てしなく、永遠にぐるぐる回っているだけだ。時計なんか、いまだかつて覗いて見る人の目を突っついたこともないいちゃちな機械でしかない。そこへいくと、頑丈なスプリング式差し錠だって、棘《とげ》つき南京錠だって、ピストル仕掛けの宝石箱だって！　それこそまさしく、機械仕掛けだ！

これらの機械があってこそ、この男の傑作は出来上がったのだった。その傑作というのは、人形の貯金箱だった。しかも、音楽演奏つきの！　作ってから、やがてもう二十年になる。顔は陶器で、その下に、丹念に型をとり、必要な箇所に馬の毛を詰めた子豚の革の胴体がつき、背中には、いぶし銀の扉がとりつけてあって、開くとなかに複雑な仕掛けが納まっていた。滑《なめ》らかな真鍮《しんちゅう》の小さな円柱、無数にぎざぎざの棘がついた鉄のシリンダー、小さな穴のあいたローラー、鋼鉄の薄いバネ板……まさに珠玉の作品だった！　紛れもない小さな逸品だった！

自動人形とまではいかないにしても、少なくともオルゴール人形といっていいこの貯金箱人形は、ガーネット色のビロードのドレスと、黄色いレースの肩掛け、形のいいふくらはぎを包んだ上までボタンのかかる小さな靴といった、旧式な格好の女の子に仕上がっていた。

スカートをまくり上げて硬貨を入れるのだが、人形の腹の辺《あた》りと思われるところに百枚目の硬貨、高額硬貨を、一枚少なくても一枚多くても駄目だが、入れたとき、貯金箱が、鼠のカヴァール自身の作った小さな曲を奏《かな》で始めるはずだった。

今、始めるはずだったと言った。それというのも、いまだかつて鳴るところまでいったことがなかったからで、老人も自分にいんちきするような男ではなかった。それが彼の奥ゆかしいところだった。機械仕掛けはちゃんと整っていた。それは疑問の余地がなかった。ただ足りないのは、百枚の硬貨だったのだ。哀れな発明家はいつもすかんぴんで、さんざん努力したにもかかわらず、いまだに夢を実現できないでいたのだ、貯金箱をいっぱいにして、それが奏でる音楽を聞くという夢を……

おかしなことに野心をもやし、いささか気違いじみた考えに取り憑かれていたわけだが、探れば、そこに自尊心を充たしたい欲求と金銭欲とが潜んでいることがわかったろう。おそらく精神分析医なら、老人におけるリビドーの表われすらそこに見出したにちがいない。

いずれにしろ、この風変わりなオルゴールは依然音無しのままで、もちろんそれも当然の理由からだった！ それでも彼は、その人形を可愛がり、愛撫し、話しかけ、なだめ、辛抱するように言い聞かせていた。それはまさにフェティシズム、悪癖みたいなものだったが、しかし彼にとって、それはほとんど生き甲斐なのだった。

ときおり鼠のカヴァールは、普段よりもっと厳しく切り詰め、もともとわずかな出費をさらに削って、貯金箱人形のなかに隠れた円管を半分以上も埋めることがあった。これには何カ月もの辛抱と我慢と犠牲が必要だった。ところが、希望の実現に向かって着々と進んでいる真最中に、必ずや厄介な問題が生じて、遅々とではあってもきちんきちんと貯めている貯金に邪魔が入るのだった。

気の毒なことに、カヴァールには医者の支払いをしたり、新しい眼鏡を買ったり、ずっと前に死んだものと思っていた債権者に借金を払ったり、ということが生じるのだった……貧乏で年寄りとなると、安らかな生活など決してないのだ！

それればかりか、彼には倅《せがれ》がいた。彼の十字架、生涯の不幸だった。気楽で陰険なこのろくでなしは、ただ挨拶して、なにかかにか掠《かす》め取っていくためだけに、ときどき風のように父親のところへやってきた。なんだってよかった。襟巻だったり、わずかな金だったり、サラミソーセージだったり、鰯の缶詰だったり。来ればどうしても盗み取っていきたくなり、自分でそれが抑えられなかった。さいわいこれまで、人形には手をつけていなかった。そんなものがあるのを知らないようだった。

こんな目に遭った日には、鼠のカヴァールは倅を絞め殺してやりたい気持ちになった。だが、それにはあまりに力弱く年衰えていた。あきらめて見過ごしたことは、もうたびたびだった。それに、臆病な性格から、彼は暴力沙汰が恐かった。そんな状況になれば、倅は容易に父親に腕力を揮《ふる》ったに違いなかった。断わっておくが、彼は、部屋の片隅に追い詰められ身動きならないまま叩きのめされることが、そんなに恐いわけではなかった。それよりも、不吉な兆候が不幸な倅の首をもうすでに幾重にも絞めつけているというのに、自分が間接の原因になって、それを助長するような恐ろしい不幸を引き起こすことが、ひどく心配なのだった。実際、父親に手を上げた者が現世で厳しい罰を受けることは、周知の事実だ。それで、鼠のカヴァールは倅の不幸を恐れているのだった。

しかし今、老人はこんなことを思い返しているわけではなかった。彼は鞣し工場の壁に浮かぶお馴染《なじ》みの影絵を飽きるほど眺め、いつものように気晴らしをしていたのだった。彼はゆっくりと立ち上がり、脚を慣らすと、何カ月もじっと動かないでいた行者といったように、ぎごちない足取りで歩いていった。

遠くまでいかないうちに、彼は上機嫌な隣人のヘルトラーに出くわした。

「娘の具合がよくなくってね」と隣人は言った。「ひどく悪いんですわ！」

これは百歳のスー族といった顔の、嫉妬深い老人で、家族の誰よりも長生きしたいと思っている男だった。年寄りの中には、こうした性悪な願望を持っている人間がいるものなのだ。

「どうなさったんです、いったい？」と、カヴァールは訊いた。

「腹でさ」と、ヘルトラーは言った。

彼は小指の先を耳の穴に突っ込み、脳の中までむりやり押し入れようとしてから、やおら小指を引き抜くと、物思わしげにその爪の先を眺めた。

「手術をしなけりゃならないんで」と、目を輝かせて彼は言った。「厄介なこってすよ！」

その顔は、大当たりの籤《くじ》を引き当てた男のように嬉しそうだった。

彼のシニックな態度に、カヴァールはぞっとした。カヴァールは気の毒そうな顔をして否定する仕草をしたが、しかしなにも言わないことにした。

この瞬間、通りの向うで野蛮な叫び声が起こった。悪童たちが互いに押しのけ合いながらやってきた。殺人鬼のような顔をした、顔色の悪い残忍そうな若者がみんなを先導していた。その目は隈《くま》ができ、口もとは邪悪に歪んでいた。

「彼ですよ！」と、隣人が震える声で言い、軍隊式敬礼といった格好でさっと額に手をやった。

「だれ?」と、カヴァールは呟《つぶや》くように言った。

しかし彼にはもうわかっていた。

「あんたの息子さんでさ、ほら!」と、ヘルトラーは嬉しそうに言った。

そんなことは訊くまでもないことだった。

「なんてこった!」と、カヴァールは言った。

「あんたの家へ向かっていきましたよ」

不良は情報を確認し、手を上げて連隊集合の合図をすると、ときの声を上げる一隊をうしろに従えて進んでいった。

「悪党めが!」カヴァールは唸った。

息子の新たな悪事を阻止するのはもう間に合わないとわかっていたが、彼はすでに、弱い脚を引きずるようにして急いでいた。

ヘルトナーは嘲笑うような目で、遠ざかっていく彼の姿を眺めていた。意地悪な人間どもにはなんて好い日だったろう! 彼はもみ手をすると、また耳の穴をほじり始めた。

鼠のカヴァールはちょこちょこと必死に走った。少年たちが、彼の住居の玄関口の前に半円になってかたまり、遠くから、彼に急げ急げと合図していた。哀れな老人は、緊張し、悲痛な思いをし、ひどい屈辱を味わいながら、奇妙な格好でぴょんぴょん飛び跳ねるように、懸命に走っていった。

彼が辿《たど》り着くや、悪童たちは廊下の入口の前を空けた。カヴァールは彼らの顔を見る勇気もなく、うつむいて前を通りすぎた。それから、彼は再び入口のところに顔を出すと、いらいらした身振りで彼らを追っ払おうとした。そう、雀を追っ払うように。だが、誰も動かなかった。彼らはただ、彼の顔をじっと見つめているだけだった。カヴァールはそこで彼らに向かって唾を吐きかけ、家の中に入った。廊下の突きあたりの暗闇の中で、彼は階段のいちばん下の段にぶつかった。

彼の目はかすんでいた。泣いていたのだった。まったくひどい話だった！　上で今、息子が彼のものを盗んでいる最中とわかっているから泣いているのだった。世間には息子の死を惜しんで泣く父親もいるというのに！

最初の踊り場まで来ると、彼は息が切れて、キルヒェンバウムの壊れた柳の肘掛椅子に倒れ込んだ。毎晩、靴を脱ぐために、これにキルヒェンバウムが豚のようにへたり込むのだ。彼に知られなければいいが！　それにしても、こんなに辛い目に遭うなんて、なんと不幸なのだろう！

鼠のカヴァールは時のたつのを忘れていた。胸がひどく苦しかった……息をするのもやっとだった。階段のきしむ音を聞いて、はっと我に返った。息子が降りてきたのだ。だが、立ち上がって身構える暇はなかった。痩身の若者は、すばやく目の前まで降りてきていた。

「ごろつき！　泥棒！　親殺し！」と、鼠のカヴァールは、肘掛椅子の両腕を握り締めながら呻《うめ》いた。まるで中風の王が跡継ぎを呪うとでもいうような姿だった。

「あばよ、おやじ！」

息子は立ち止まろうともせず、嘲笑いながら、猫のようにさっと通り抜けていった。一瞬後には、通りに出ていた。悪童どもの走り去る音が聞こえた。それからすぐに、やあい、やあい、という叫び声と、口笛の音が聞こえてきた。

そこで、鼠のカヴァールは、やっとの思いで椅子から立ち上がった。すっかりうちひしがれた気持ちになっていた。彼は必死の努力を払って、一段一段、階段を昇っていった……

部屋のドアは開いていた。息子の手にかかれば、開かない錠など一つもなかった。彼の大きなトランクが部屋の真ん中に引きずり出されて、むりやりこじ開けられ、ぱっくり口を開けていた。なんて恐ろしい光景だったろう！

老人は、床にごちゃごちゃと放りだされた古着の間に膝をついた。彼は、こうして乱暴に扱われたなんの役にも立たない、これらのみすぼらしい品々を一つ一つ引っくり返していき、やがて彼の大事な人形を見つけた。

人形は乱暴に腹を引き裂かれ、バネや、針金や、毛屑が、奇怪な内臓のようにはみ出していた。幾多の希望が泡と消え、長い時間をかけた仕事がふいになってしまった！　こんなにめちゃめちゃにされた残骸を修復する気力はもう二度と湧《わ》いてこないだろうし、もう一度硬貨を要るだけ貯めなおす時間ももうないだろう。絶望し、限りない悲しみで胸がいっぱいになった彼は、まるで死んだ子供を生き返らせようとする親のように、壊された人形を揺すぶり、やさしくあやした。

こんなに悲しんでいたら、彼もしまいには死んでしまうにちがいない。彼は陶器の顔の貯金箱をそっと床の上に置き、垢《あか》じみたハンカチを取り出すと、両目を拭《ぬぐ》った。これで、目がはっきり見えるようになった。

無意識にチョッキのポケットに二本の指を差し込むと、一枚の硬貨に触《さわ》った。今日、貯金しようと思っていた硬貨だった。そんなことをしたって無駄にちがいなかったが、彼はふと、人形にその硬貨を入れてみようと思いついた。彼はターレル硬貨をじっと眺めてから、口に近づけると、恭《うやうや》しくキスをした。不幸のどん底にありながらも、その動作には神聖な様子が漲《みなぎ》っていた。なにか司祭とか、預言者を思わせるような様子が。そこには、奇蹟の、いくぶんかの瀆聖《とくせい》と呪術の匂いが漂っていた。この瞬間はまさに息詰まるほどの緊張だった!

彼はガーネット色のビロードのスカートの下に手をくぐらせ、硬貨を差し入れた。そして、指が血に染まっているのを見て、ぎょっとなった。彼は人形を間近に寄せてよく見た。革の腹部から血が滴《したた》っていた……

今や血でべとべとになった両手で彼は人形の無感動な顔を愛撫したが、睫《まつげ》に縁取られたその目蓋《まぶた》が、じっと動かない青い美しい目の上で閉じたり開いたりするように見えた。真っ白な両頰も、もう赤い血で汚れていた。彼は床に座り、トランクに寄りかかった。そして、人形を揺すってあやしたが、その金属製の内臓の中で、今なにか命あるものが死にかかっていた。

音楽が聞こえだしたのは、そのときだった。最初まず、喀血の発作に似たしゃくりあげるような音がした。次いで聞こえてきたのは、なんとも言えなく美しい、か細く心に沁みる音の流れだった。

鼠のカヴァールは天にも昇る心地だった。彼はその曲が、人形の心臓部に自分が仕組んでおいた歌で、それが今、突然血まみれの中で花開いたのだとわかった。

従順な美しい玩具《がんぐ》を両腕に抱え、寝かしつけるように揺すりながら、彼はしばらく曲に合わせて歌を口ずさんだ。それから、彼はがっくり前に頭を垂れ、他愛なく、ぼろ屑のようにくずおれた。痩せてちっちゃな体は、トランクから引っ張り出された古着や虫食いだらけのカーテンの上に、ほとんど音もなく転がった。

鼠のカヴァールは微笑を浮かべていた。夢が実現されたのだった。もう彼は失望も屈辱も恐れないでよかった。口が横に少し引きつっていた。涎《よだれ》がその唇の角に溜まっていた。きっと甘い涎だろう、ボンボンが好きだったから。

蠅《はえ》が一四、嬉々として飛んできてそこにとまった。ずっと前からこの瞬間を待っていたのだ。蠅は羽根の下で足を擦り合わせた。

キルヒェンバウムの猫もやってきた。猫は音のと絶えた人形の血を用心しいしい舐《な》めた。

十九世紀末象徴主義者の末裔

風間賢二

本書は、現代ベルギー幻想派四天王のひとり、トーマス・オーウェンの我が国初文庫化作品である。原題は *Le Livre Noir des Merveilles* (1980)。このオーウェン傑作選と称すべき作品集は、我が国では分量の関係で、『黒い玉』(一九九三年)と『青い蛇』(一九九四年)の二分冊として、東京創元社より単行本で刊行された。

ちなみに、ベルギー幻想派四天王とは、オーウェンのほかに、ジャン・レイ、ミッシェル・ド・ゲルドロード、ジェラール・プレヴォーのことを言う。

レイは代表的長編『マルペルチュイ』(月刊ペン社)、および『新カンタベリー物語』(創元推理文庫)や『幽霊の書』(国書刊行会)など数点の短編集、あるいはヤング・アダルト向け〈名探偵ハリー・ディクソン〉シリーズ(岩波少年文庫)などが日本語になっているが、ゲルドロードは短編「代書人」(河出文庫『フランス怪談集』所収)のみ、プレヴォーにいたっては未紹介(だと思う)といったお寒い現状である。したがって、原典は一冊とはいえ、『黒い玉』と『青い蛇』の二点も翻訳のあるオーウェンは、比較的恵まれたベルギー幻想派四天王のひとりといえるだろう。

といっても、本書が単行本で刊行されたのは十三年も前のこと。十年一昔、一世代前の出来事、前世紀の話である。五年一昔と言われる昨今にしてみれば、二昔も以前のことなので、単行本版『黒い玉』のようなどちらかと言えばマニアックな出版物は極めて入手困難だ。それに、この十年でベルギー幻想派の紹介が進んでいるとはお世辞にも言えない。そもそも、かれらはジョルジュ・シムノンともどもフランスの作家として紹介されることが多い。それを言うなら、ジョナサン・スウィフトやジェイムズ・ジョイス、オスカー・ワイルドなどをアイルランド作家として認識している人も少ないが。

ようするに、トーマス・オーウェンといっても、年季の入ったコアな幻想小説愛好家しか知らないだろうということ。そこで、本書で初めてオーウェンの不気味な作品世界に触れる若い読者のために、まず作者について記しておこう。

などと偉そうに言ったものの、当方には、単行本版『黒い玉』の「訳者あとがき」に述べられていること以外につけくわえる新情報の持ち合わせはない。したがって、以下の作者紹介は、訳者である加藤尚宏氏の文章をそのまま引用させていただく。

「このベルギーの作家は、法律家、実業家、美術評論家、探偵小説家、幻想小説家、学士院会員と多彩な顔を持つが、本名はジェラルド・ベルトといい、ベルギーのルーヴァン生まれである（一九一〇年）。父親が弁護士だったことからルーヴァン大学の法学部に進み、特に精神病患者の犯罪学を研究して博士号をとり、弁護士になるが、それより以前、高等学校時代から、すでにステファン・レイのペンネームで文学批評などを雑誌に発表している。このペンネームは、彼の別の顔である美術評論家として、彼が現在でも使用している名前である。大学卒業後、法律顧問として企業に入り、一九七九年までこの仕事に従事している。その間、戦争が勃発して、彼も動員されて捕虜になったが、好運にも強制収容所送りは免れ、この戦時下の暗い時期に、推理小説を発表し始める。その最初の短編『今夜、八時』にでてくる探偵の名前がトーマス・オーウェン Thomas Owen で、この英語風の名前は、占領下という事情からやむなく生まれたものらしく、これがのちの幻想小説作家としてのペンネームになる。彼が幻想小説作家へ転身するのは一九四三年からだが、以後、次々にこのジャンルの短編小説を発表し、活躍の場もフランスにまで広がり、幻想小説作家としてのゆるぎない地位を築いて現在に至っている。一九七六年には、ベルギー・フランス語フランス文学王室アカデミーの会員に選ばれている」(単行本版『黒い玉』「訳者あとがき」)

といったところで、本書と著者に関する基本情報はおしまい。ここからは、オーウェンとその作品にまつわる当方の与太話。さして根拠もないことを好き勝手にもっともらしく述べるので、本文を未読で先入主を植え付けられたくないという読者は、この先を読まないように。ストーリーのオチにも多々触れることになるので。

ぼくがオーウェンの作品に初めて出合ったのは、いまから二十九年も昔の一九七七年のこと。

紀田順一郎・荒俣宏編集『怪奇幻想の文学Ⅶ　幻影の領域』（全七巻　新人物往来社）所収の「黒い玉」である。当時の訳者は秋山和夫氏で、著者名はトーマ・オウエンだった。

一読、「黒い玉」は、アルジャナン・ブラックウッドやA・E・コッパード、M・P・シール、オリヴァー・オニオンズといった作家の短編が十三点収録されている同書のなかでナンバー2のお気に入り作品となった。ちなみに、ナンバー1は、フリオ・コルタサルの「続いている公園」。この短編のおかげで、ぼくはラテン・アメリカ文学（と言うより、精確にはマジックリアリズム、さらにはラプラタ河幻想派の作品）に目覚めたと言っても過言ではない。その後、「続いている公園」タイプの作品は、すでにフレドリック・ブラウンの「うしろを見るな」やアルフレッド・ノイズの「深夜特急」といった円環構造のストーリーとしておなじみのパターンと判明するものの、なにしろ当時は、まだ学生で頭の固い文学青年（死語）だったもので、幻想文学は読んでいたがエンタメ系ファンタスティック小説やミステリ系語り＝騙り作品には疎《うと》かったのだ。

ある意味では、「黒い玉」もループ状永久運動ストーリーである。コルタサルの「続いている公園」のラストに衝撃を受けた口なので、もちろん、オーウェンの「黒い玉」の結末にも感銘したが、そうした〝ふりだしに戻る〟形式よりむしろ、シュールな変身譚として堪能した覚えがある。メタモルフォーズを素材にした作品は数あるけれど、いまのところ短編では、「黒い玉」とコルタサルの「山椒魚」（国書刊行会『遊戯の終わり』所収）を超える小品とは出合っていない。

変身ものということでは、「父と娘」と「変容」とがそれに該当するが、とりわけ前者は、本書と対をなす単行本『青い蛇』に収められている「黒い雌鶏」や「雌豚」の変身・分身モチーフと一脈通じるものがある。すなわち、〝女嫌い〟である。オーウェン自身が実際にミソジニストかどうかは知らないが、たしかに、魅力的だが恐ろしい女性、と言うか、いわゆる〈宿命の女《ファム・ファタール》〉をキャラクターに据えることで、性と死の恍惚と畏怖を語っている小品が多々ある。

オーウェンはテオフィル・ゴーティエと比較されることがあるらしいが、おそらくゴーティエの名作短編「死女の恋」（創元推理文庫『怪奇小説傑作選Ⅳ』所収）に代表されるエロスとタナトスを表象する妖婦の戦慄と美との関係においてだろう。たとえば、本書では、「旅の男」の〈かまきりのような女〉パトリシアや「鉄格子の門」の女吸血鬼がそうだが、「雨の中の娘」や「蠟人形《ダーギユデス》」に登場するキャラクターも、〈宿命の女〉とは言えないまでも、それにかなり近いアブナイ女性ではある。

ここで想起されるのが、オーウェンはステファン・レイの別名義で美術評論家として名をなしていることだ。かれの美術評論家としての業績に関して当方はまったく無知なので、推測の域をでないただの感想を述べるが、おそらくオーウェンはベルギー象徴主義絵画、および超現実主義に精通し、自作にかなり影響を受けているのではないだろうか。たとえば、ジェームス・アンソール、ジャン・デルヴィル、フェルナン・クノップフ、フェリシアン・ロップス、アントワーヌ・ウィルツといったサンボリストの画家、あるいは、マグリットやポール・デルヴォーといったシュールリアリズムの画家たちだ。

アントワーヌ・ウィルツの〈死と乙女〉をモチーフにした『うるわしのロジーヌ』やジャン・デルヴィルのまさに妖婦そのものといった『邪悪の偶像』、あるいはフェルナン・クノップフの〈宿命の女〉としての『芸術あるいは愛撫あるいはスフィンクス』といった幻想絵画が想起されるが、エロスとタナトス＝〈宿命の女〉ということでは、オーウェンの場合、なんといってもフェリシアン・ロップスの一連の艶かしくかつ悪魔的な作風に共感を覚えたのではなかろうか。ユイスマンスによれば、ロップスは、女性を「悪行と犯罪の巨大な容器、悲惨と破廉恥の穴、あらゆる悪徳の姿を借りて我々の魂のなかに入ってくるメッセージのつかわし女であり、悪魔に魅入られて手の触れるかぎりの男を毒する」生き物として描いた。もちろん、こうした象徴的女性像は、エロスとタナトス（乙女と死）がブルジョワ的秩序・倫理、すなわち〝昼の理性的現実〟に対するアンチであり、それがゆえに非現実の世界への結晶点となるからだ。

文学における〈宿命の女〉の系譜については、マリオ・プラーツの古典的名著『肉体と死と悪魔』（国書刊行会）、世紀末象徴主義における女性嫌悪の絵画・彫刻などの芸術作品に関する詳細な論述に関しては、ブラム・ダイクストラの『倒錯の偶像』（パピルス）、そしてサンボリスムの様式とその表象世界については、ハンス・H・ホーフシュテッターの『象徴主義と世紀末芸術』（美術出版社）がそれぞれ基本図書。こうした著作を読むと、トーマス・オーウェンがサンボリストの末裔であることがよくわかる。語りの円環構造にしろ、〈宿命の女〉や変身のモチーフにしろ、いずれも象徴主義の形式と内容を備えている。

といったお硬いことは、本書を読むうえで知っておくべきことではさらさらない。「雨の中の娘」や「謎の情報提供者」などは、普通の人々が犯罪にいたるまでの深層心理ドラマとして楽しめばよいし（オーウェンは学生時代、精神病患者の犯罪学を研究している）、「亡霊への憐れみ」や「バビロン博士の来訪」などはセンチメンタル幽霊譚として堪能すればいい。「売り別荘」など、これはもうブラック・ユーモアものだ。

ただし、どの作品においても現実の異化作用が見事におこなわれている。それはやはりサンボリスムの表象手法とマジックリアリズムの語り口によるところが大きい。そのことは強調しておくべきだろう。はっきり言って、オーウェンの短編は、昨今我が国で流行の英米型〝奇妙な味〟、あるいは〈異色作家短編〉のようなセンス・オブ・ワンダーに満ちたアイデアや奇抜なトリック重視のストーリーではない。緻密に築き上げられたリアルな日常に発見されるほころびから垣間見える、あるいは侵入してくる非現実の脅威／驚異を語ることにこそ眼目があり、えてしてその不思議の表象は曖昧かつ両義的である。

もちろん、衝撃度ということでは、白黒のついた明確なオチのあるアイデア・ストーリーのほうが強烈だが、読後に不思議さ・不気味さが持続し、ボディブローのようにあとでじわじわ効いてくるのは雰囲気主体のストーリーである。言うまでもなく、本書は後者の優れた作品集である。

原題一覧

雨の中の娘　*La Fille de la pluie*
公園　*Le Parc*
亡霊への憐れみ　*Pitié pour les ombres*
父と娘　*Père et fille*
売り別荘　*Villa à vendre*
鉄格子の門　*La Grille*
バビロン博士の来訪　*Passage du Dr Babylon*
黒い玉　*La Boule noire*
蠟人形《ダーギュデス》　*Dagydes*
旅の男　*Le Voyageur*
謎の情報提供者　*L'Informateur ambigu*
染《し》み　*Les Taches*
変容　*Mutation*
鼠《ねずみ》のカヴァール　*Le Rat Kavar*

本書は一九九三年、小社から刊行されたものの文庫化である。

検印
廃止

訳者紹介　1935年生まれ。早稲田大学文学学術院名誉教授。専門は19世紀フランス小説。主な訳書に「フランス幻想文学傑作選I・II」、シュネデール「空想交響曲」、オーウェン「青い蛇」、著作に「バルザック生命と愛の葛藤」がある。2015年逝去。

黒い玉　十四の不気味な物語

2006年6月30日　初版
2021年10月8日　3版

著　者　トーマス・オーウェン

訳　者　加《か》藤《とう》尚《なお》宏《ひろ》

発行所　(株)　東京創元社
代表者　渋谷健太郎

162-0814/東京都新宿区新小川町1-5
電　話　03・3268・8231-営業部
03・3268・8204-編集部
URL　http://www.tsogen.co.jp
工友会印刷・本間製本

乱丁・落丁本は、ご面倒ですが小社までご送付ください。送料小社負担にてお取替えいたします。

ISBN978-4-488-50502-8　C0197

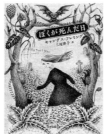

巨匠が最も愛した怪奇作家

THE TERROR and Other Stories◆Arthur Machen

恐怖

アーサー・マッケン傑作選

アーサー・マッケン
平井呈一 訳　創元推理文庫

◆

アーサー・マッケンは1863年、
ウエールズのカーレオン・オン・アスクに生まれた。
ローマに由来する伝説と、
ケルトの民間信仰が受け継がれた地で、
神学や隠秘学《オカルト》に関する文献を読んで育ったことが、
唯一無二の作風に色濃く反映されている。
古代から甦る恐怖と法悦を描いて物議を醸した、
出世作にして代表作「パンの大神」ほか全7編を
平井呈一入魂の名訳にて贈る。

収録作品＝パンの大神，内奥の光，輝く金字塔，赤い手，
白魔，生活の欠片，恐怖